KB097923

극장 앞에서 만나

신승은 지음

극장 앞에서 만나

교차와 연대의 영화들

오월의봄

책을 열며

사랑을 하다 보면 이런 질문을 받는다. '왜 나를 사랑하나요?' 대답할 수가 없었다. 너무 많은 이유가 생각 났고, 동시에 아무런 이유가 없었기 때문이다. 만약 영화가 같은 질문, 즉 '왜 나를 사랑하나요?'라고 묻는다 해도 나는 여전히 아무 말도 못한 채 우두커니 서 있을 것이다. 그러니 영화에 대해 글을 쓰는 일은 그 답을 찾아가는 여정이기도 했다. 매끄러운 문장도, 세련된 표현도 아니지만 내가 왜 영화를 사랑하는지 하나하나 설명하고 싶었다.

그러던 중 페미니스트 저널 《일다》에서 연재 제안이 왔다. 고민이 많았다. 언어로 마음을 정리하는 일이 두려웠다. 마음을 그대로 남겨두고 싶었다. 내게 해박한 지식이 없는 것도, 유려한 문장이 없는 것도 두려운 이유 중 하나였다. 그렇다고 언제까지 질문 앞에서 침묵만 고수하고 있을 수는 없다는 생각이 들었다. 생각이 용기로 빚어졌다.

이 책에 소개된 영화들은 다양하다. 이 다채로운 영화들을 묶을 수 있는 두 가지 공통점이 있다면, 현시대의 문제와 맞닿아 있다는 점, 그리고 내가 좋아하는 영화라는 점이다. 아주 오래된 영화가 지금의 문제를 말해줄 때도 있고, 먼 타국의 이야기가 이곳 현실과 통할 때도 있다. 이 영화들은 여성·퀴어·장애인·아동 등 사회적 약자의 삶을 적극적으로 보여주고, 노동자 탄압, 젠트리피케이션, 문화 검열, 성범죄 등 사회의 그림자를 뚜렷이 담는다.

모든 일이 그러하듯 이 일 또한 과정이 중요하다. 사회 현상과 사회적 약자의 이야기를 다루면서 오히려 혐오를 발산하는 미디어를 어렵지 않게 마주칠 수 있다. 단순히 소재로 소비하기도 하고, 고통을 재현해 트라우마를 양산하기도 한다. 적어도 그런 영화들은 다루고 싶지 않았다. 책 곳곳에 그런 게으른 미디어에 대한 비판을 담기도 했다.

책 목차는 연재 순서와 전혀 다르게 재배치했다. 현상으로 묶기도 하고 관점으로 엮기도 했다. 한 편에서 다음 편으로 넘어가는 그 틈새가 그리 넓지 않음이 전달되길 바란다.

전혀 다른 내러티브가 흡사한 방식으로 투쟁하고 있음을 발견할 때, 교차와 연대를 함께 느끼길 바란다.

영화가 하고자 하는 이야기는 당연히 중요하다. 하지만 그 못지않게 형식도 중요하다. 무엇을 말할지도 중요하지만 어떻게 말할지 선택해가는 게 영화의 과정이라고 생각한다. 어떻게 연기할 것인지, 어떻게 컷을 구성할 것인지, 어떻게 연출할 것인지, 그리고 조명·분장·미술·의상 그 모든 것을 고민하는 것까지 영화다. 글을 쓰며 내러티브와 형식 간의 관계를 많이 살피려 했다. 이미지가 된 이야기, 그 변모 과정에서 존재했을 수많은 선택을 들여다보려 노력했다. 제작 과정에 참여할 수 없었기 때문에 추측이 최선이었지만 영화가 내준 수수께끼를 푸는 일은 언제나 즐거웠다.

특히 카메라 기법과 컷 연결 방식에 집중했다. 그 한 컷을 어떻게 구성했는지, 그리고 그 한 컷이 다음 컷과 어떻게 연결되는지에 초점을 맞췄다. 같은 이야기도 어떻게 컷을 구성하느냐에 따라 전혀 다른 영화가 되기에 이 영화들이 소수자의 삶을 다루면서 어떤 선택을 했는지 발견하려 했다. 영화들은 숏의 사이즈, 카메라의 높이, 움직임, 보이스오버의 효과, 렌즈 종류, 편집 등 방식을 다양하게 활용해 소수자의 삶을 지키며 드러내고 있었다.

영화를 볼 때면 안경을 쓴다. 잘 보고 싶어서 쓴다. 하지만 늘 다 못 보는 기분이다. 같은 영화를 여러 번 보아도 그렇다. 영화는 지닌 게 너무 많다. 심지어 보이지 않는 것까지 잔뜩 품고 있어서 이 경우에는 안경을 써도 하등 도움이 안 된다. 일례로 컷과 컷 사이에 존재하지 않는 시간을 우리는 볼 수 없지만 겪는다. 그래도 나는 계속 본다. 뚫어져라 본다. 그리고 이제는 적는다. 내가 본 것에 대해서, 내가 보지 않았지만 느낀 것에 대해서 말이다.

처음 연재를 제안해준 《일다》와 책 발간을 제안해준 오월의봄에 감사 인사를 드린다. 그리고 나와 함께 영화를 사랑하는 그대에게 이 책을 바친다.

차례

1

버려지는 삶들

안녕, 영화관

〈안녕, 용문객잔〉(차이밍량, 2003), 〈진주머리방〉(강유가람, 2015)

사라지는 곳들

2008년 수능을 마치고 맞은 크리스마스, 나는 광화문 스폰지하우스에서 영화 보는 것을 나 자신에게 주는 선물로 정했다. 항상 인터넷 즐겨찾기에 자리했던 영화관에 홀로 영화를 보러 가던 길은 무척 설렜다. 인파를 헤치며 도착했을 때 영화는 매진이었다. 허무하게 집으로 돌아와야 했지만 동네 빵집에서 좋아하지도 않는 케이크를 살 정도로 계속 들떠 있었다.

지금은 사라진 예술영화관 스폰지하우스는 당시 '스폰지 중앙', '스폰지 광화문', '스폰지 압구정', 세 지점으로 운영 중이었다. 이곳은 중폰지, 광폰지, 압폰지로 줄여 부르기도 했다. 나는 스폰지하우스를 떠올리면 구스 반 산트, 오기가미 나오코, 미셸 공드리, 아네스 자우이와 같은 감독의 영화가 떠오른다. 실제로 스폰지하우스에서 이 감독들의 영화를 상영했고 극장 곳곳에 영화 포스터들이 걸려 있어서기도 했지만 단순히 그 때문만은 아니다. 이 감독들의 영화를 막 접하던 그때 내가 가졌던 영화에 대한 막연하지만 아주 뜨거운 열정이 스폰지하우스를 비롯한 예술영화관에 가서 표를 끊고 기다리는 그 순간 더 뭉게뭉게 부풀었기 때문이다.

2009년 8월 아트하우스 모모와 광화문 씨네큐브를 함께 운영하던 백두대간 영화사가 씨네큐브를 건물주와 다름없던 흥국생명에게 넘기는 일이 벌어졌다. 그리고 그 무렵 압폰지가 먼저, 그다음으로 중폰지가 사라졌다. 화면이 스크린보다 살짝 작은 느낌이 특이하고 재미 있기도 했던, 영화를 보고 나와 주변을 산책하기 좋았던 시네코드 선재도 몇 년 뒤 사라졌다.

그쯤이었나. 낙원상가 맨 꼭대기에 있던 서울아트시네마가 〈로슈포르의 숙녀들〉(자크 드미, 1967)로 마지막 상영을 하자 재개관을 위한 모금활동이 시작되었다. 나 역시 활동에 참여해 채플린 영화를 틀어놓고 노래를 불렀다. 영화관이 같은 취향을 가진 사람들에게 '사랑의 경로'가 되어주면 좋겠다는, 지금 생각하면 다소 부끄러운 멘트도 했었다. 활동 중에 반가운 얼굴을 만나기도 했다. 영화를 보러 극장을 갈 때면 종종 마주쳤던 화가분이 그림을 판매하고 계셨던 것이다. 그날 나는 그림 중에 〈400번의 구타〉(프랑수아 트뤼포, 1959)의 마지막 장면이 담긴 그림을 샀다. 앙투안 드와넬(장 피에르 레오)의 얼굴 가운데에 크게 'FIN'이 새겨진 그 그림을 보면서 영화관들에 'FIN'이 뜨지 않길 바랐던 기억도 난다. 그러나 곧 광폰지마저 사라졌다.

영화관들은 그렇게 한 곳씩 멀티플렉스에, 영화진흥위원회 정책에 밀렸다. 자본주의 세상에서 수익이 확실하게 나지 않은 것을 처단하기 위한 변명은 쉽고도 많다.

안녕, 복화극장

차이밍량 감독의 〈안녕, 용문객잔〉은 곧 폐관하는 복화극장에서 〈용문객잔〉(호금전, 1967)을 마지막으로 상영하는 풍경을 담는다. 영사기사와 끝내 만나지 못하는 매표원, 영화를 보는 진상 관객들, 사랑할 남자를 찾는 남자들, 그리고 무엇보다 영화관 구석구석이 고정된 카메라의 롱테이크로 등장한다.

영화는 다른 여타의 영화처럼 뚜렷한 서사로 관객을 끌고가거나 인물 중심으로 숏을 진행하는 대신, 관객이 영화관과 함께 시간을 보내도록 한다. 인물이 행동을 다 마치고 프

〈안녕, 용문객잔〉은 곧 폐관하는 복화극장에서
〈용문객잔〉을 마지막으로 상영하는 풍경을 담는다.

레임 아웃을 해도 카메라는 공간을, 영화관을 가만히 응시할 뿐이다. 관객은 영화를 통해 영화관을 보게 되며, 그 정지된 숏의 힘은 역으로 마치 영화관이 관객을 바라보게 하는 듯하다. 누군가 나를 빤히 바라볼 때면 무슨 말이든 해야 할 것 같은 부담을 느끼는 것처럼 관객은 영화를 보며 각자 즐겨 찾던 영화관과의 추억을 회상하면서 자기만의 답을 떠올려볼 수 있을 것이다.

2020년 가을 CGV는 코로나19 팬데믹으로 경영이 쉽지 않다며 3년 내 영화관을 30퍼센트 줄이겠다고 발표했다. 개봉을 기다리는 영화만 90편이 넘는다는 말이 떠돌고, 영화와 관련된 각종 강좌에서는 OTT(Over The Top, 인터넷 영상 서비스) 시장에 대한 이야기가 언제나 빠지지 않는다. 이뿐이 아니다. 현재 휴관 중인 KT&G 상상마당은 영화사업부를 해체하고 직원을 해고하더니 위탁 운영사를 모집한다고 공고하기도 했다. 이에 상상마당 영화사업부와 배급 계약을 맺은 감독들이 모여 모집 중단을 촉구하는 입장문을 냈다. '독립영화 등 비주류 문화예술을 지원하는 사회공헌 사업에 비용 절감을 목적으로 하는 저비용 구조를 무리하게 도입하지 말라'고 촉구하는 내용이었다.

영화관은 단순히 영화를 상영하는 공간이라는 의미에 그치지 않고 그 나름의 아우라를 지닌다. 그 아우라에는 그 영화관이 영화를 어떻게 대하고 바라보는지가 고스란히 담긴다. '오오극장'에는 고양이가 살며 DVD들이 진열되어 있고, 벽에는 독립영화 감독과 배우들의 사인이 걸려 있다. '영화의전당'은 크고 미로 같으며 야외극장도 함께 있다. '아리랑 시네센터'에는 사람이 아무도 오가지 않을 것 같은 숨은 공간들이 있다. 실제로 나는 그곳에 숨어 문제집을 풀기도 했다. 고려대학교에 위치했던 '시네마트랩'은 계단을 오를 때 아래가 훤히 보여 늘 무서웠고, 낙원상가에 있던 '서울아트시네마'는 냉기가 감도는 공간이라 가을부터 발이 시렸다. 대기업에서 운영하는 영화관들은 대개 큰 쇼핑몰과 식당가에 위치한다는 특징이 있다. 팝콘·콜라·나쵸·핫도그 등과 같은 간식거리가 늘 있고, 콤보 할인도 받을 수 있다. 독립영화관과 멀티플렉스 영화관은 입구에서 나는 냄새만으로도 구별이 가능하다.

영화관은 사라지고 영화'산업'만 남은 자리

2018년 홍콩에 여행 간 적이 있다. 외국에 가면 그 나라의 극장을 꼭 가보고 싶기에 그때도 나는 홍콩의 시네마테크를 방문했다. 한국어 자막이 나오지 않아 어떤 내용인지 정확히 알기 어려워 영화를 보며 살짝 졸기도 했다. 로비에는 스폰지하우스처럼 영화와 관련된 소품을 판매하는 작은 숍

이 있어 한참을 구경하기도 했다. 우리의 독립영화관과 달리 팝콘과 콜라를 들고 상영관에 들어갈 수 있다는 차이점도 있었다.

영화관들은 영화를 저마다 다르게 대한다. 그리고 나는 내가 영화를 바라보는 태도와 비슷한 공간을 찾게 된다. 영화를 그저 산업으로 여기지 않고 예술로 바라보는 곳에 가고 싶지만, 복화극장의 경우처럼 그러한 공간들이 점점 사라져간다. 〈안녕, 용문객잔〉에서 끝내 만나지 못했던 인물들처럼 사랑의 경로를 잃은 우리는 '유령'이 되고 마는 것일까? 독립영화 시나리오를 쓰는 나는 불안해지고, 질문이 꼬리를 잇는다.

영화가, 내가 좋아하는 영화가 계속 남아 있을까? 내가 믿는 영화와 영화관이 사라져도 나는 계속 영화를 좋아할 수 있을까? 투자 대비 이윤을 남기지 못하면 영화라고 할 수 없는 걸까? 영화관에서 보는 것만 영화일까? 영화관이 모두 사라지고 OTT만 남아도 영화라고 할 수 있을까? 휴대폰으로 OTT 플랫폼에 들어가 아침 먹을 때마다 틀어놓는다면 그것도 영화일까? 러닝타임이 두 시간 넘는 영화를 집에서 10번 이상 끊어가며 감상할 때 그것도 영화를 본다고 할 수 있을까? 보통 집에서는 지문이 묻은 휴대폰이나 노트북으로 영화를 시청할 텐데 영화를 꼭 4k로 찍어야 할까? 그렇다면 영화란 무엇일까?

영화를 좋아하고 만들던 내내 머릿속에서 맴돌던 질문

이 다시 한번 크게 자리했다. 초창기 영화는 연극, 소설과 다른 장르임을 외치며 자신만의 영역을 만들어나갔다. 시간이 흐른 지금, 이제 영화는 새로운 질문을 앞에 두고 있다. 영화관이 사라지고, 독립영화 산업이 무너지더라도 거대 자본이 투자하는 영화 '산업'은 존속하겠지만 '산업'만 남은 자리에 영화가 존재한다고 할 수 있을까?

안녕! 진주머리방

강유가람 감독의 〈진주머리방〉은 〈안녕, 용문객잔〉처럼 곧 사라질 공간에 관한 영화다. 두 작품 모두 극영화지만 다큐멘터리적 시선을 갖는다. 또한 인물보다 공간에 집중한다. 〈진주머리방〉에는 젠트리피케이션으로 상권이 큰 변화를 겪고 있는 서울 연남동의 오래된 미용실, 아니 머리방이 등장한다. 엄옥란 배우가 시종일관 짓는 못마땅한 표정은, 갑자기 관심받게 된 동네의 '힙한 변화'를 지켜보는 우리의 표정과 비슷하다.

젠트리피케이션 이후 '연남동'의 의미가 달라졌다. 강유가람은 그 의미가 달라지고 변화하는 순간을 포착했다. 우리는 종종 '○○는 이제 우리가 아는 그 ○○라고 볼 수 없지'라고 말하는데, 비슷한 맥락에서 어떤 존재를 그 존재로 특정하

강유가람 제공

〈진주머리방〉은 〈안녕, 용문객잔〉처럼
곧 사라질 공간에 관한 내용을 담은 영화다.

게 하는 게 무엇인지 질문하게 하는 영화다. 강유가람은 〈이태원〉(2019)에서도 비슷한 물음을 던진다. '당신이 아는 이태원은 어떤 모습인가요? 이태원은 무엇으로 이태원이 되는 걸까요?' 등을 물으며, 단순히 지역명을 넘어 공간이 갖는 의미를 생각해보게 한다.

언젠가 일을 마치고 집에 가는 길, 무념무상으로 걷다가 길을 잃었다. 여기가 어디인지 감으로 찾고 싶은 마음에 휴대폰 지도를 켜지 않고 뚜벅뚜벅 걸었다. 같은 곳을 몇 번 도는 바람에 아까 마주쳤던 사람을 또 마주치다가 생각지 못한 길로 들어섰는데, 그곳에 '진주머리방'이 떡하니 있는 게 아닌가. 영화 속 〈진주머리방〉의 모습 그대로, 크고 붉은 간판에 흰 글씨로 '진주머리방'이라고 적인 채 나무가 머리방을 꽃집마냥 감싸고 있었다. 큰 안도감이 들었다. '영화에서처럼 사라진 것이 아니구나.' 복화극장은 사라졌지만, 진주머리방은 연남동 구석에서 초록색을 피워내는 중이었다.

"극장 앞에서 만나"

서로 거리를 두어야 하는 코로나 시국에 많은 사람이 모여 만들고, 많은 사람이 모여 보는 영화가 계속 건재할 수 있을까? 이러한 의문이 가장 커졌던 2021년 초겨울, 서울독립영화제에 내가 스탭으로 참여한 작품을 보러 갔다. 그때는 한창 코로나19 확진자가 최고점을 찍던 시기이기도 했다. 2020년 한 해 동안 각종 영화제가 연기 및 축소되었으며, 그에 맞춰 새로운 방식을 도모했다. 서울독립영화제는 오픈채팅방을 활용해 관객과의 대화인 GV를 최소한의 질문과 최소한의 답변으로 진행했다. 양해를 구한 모더레이터는 빠르고 매끄럽게 이어갔다. 나는 앞 시간에 GV를 마친 동료와 굳이 연락해 짧게나마 인사를 나눴다. 그리고 그날 받은 감동을 지금도 잊지 못한다. '영화가 잘 있구나' 하는 안심 말이다.

나는 한 달에 한 번 영화에 관련한 글을 쓰기로 하며, 코너 이름을 '극장 앞에서 만나'로 정했다. '극장 앞에서 만나'는 전에 실제로 정말 자주 했던 말이었다. 나는 주로 혼자 영화관에 가는 편이지만 〈선라이즈〉(F. W. 무르나우, 1927)는 서울아트시네마에 친구들과 함께 보러 갔다. 그날 우리는 서로에게 방해되지 않기 위해 좌석을 띄워두고 표를 구매했다. 지금 돌아보면 다소 우습지만 그 당시 영화를 대하는 나의 강박적인 태도를 보여주는 모습이다. "극장 앞에서 만나." 우리는 서로에게 이 말을 남기고 상영관으로 들어갔다. 그러고 보니 한 친구와 압폰지에서 〈비카인드 리와인드〉(미셸 공드리, 2008)를 함께 보러 갔을 때도 그렇게 약속한 후 각자 영화관에 들어갔다.

갈수록 극장에 가는 일이 줄고, 극장도 줄며, 그러면서 극장 앞에서 만나는 일도 줄어든다. 그러나 우리가 만나자는 약속을 한다면, 언젠가 영화가 끝난 후 세상의 빛을 보러 나올 때 다시 만나지 않을까. 내가 길을 잃은 듯한 상황 속에서 진주머리방을 만난 것처럼 말이다. 그때까지 기업과 정책이 독립영화와 예술영화를 수익 창출의 대상으로만 바라보지 않기를 바랄 뿐이다.

자본주의는 말을 걸지 않는다

〈성냥공장 소녀〉(아키 카우리스마키, 2001)

조용하지만, 시끄럽게

2022년 5월, 임종린 화섬식품노조 파리바게트 지회장이 이어가던 단식이 53일 만에 중단되었다. 한 노동자의 외로운 단식투쟁이 끝내 시원한 대답 없이 마무리된 것이다. 파리바게트 측은 아침식사로 노동자들에게 500원 상당의 해피포인트를 지급해왔을 뿐 아니라 휴일과 휴게시간을 제대로 보장하지 않는 등 부당노동 행위와 노동 착취를 일삼았다. 현재 임종린 지회장은 보식 중이고, 곳곳에서 여러 사람들이 릴레이 단식을 해나가는 중이다.

핀란드 감독 아키 카우리스마키의 영화 중에는 자본주의를 차갑게 다룬 3부작 〈아리엘〉(1988), 〈성냥공장 소녀〉

(1989), 〈황혼의 빛〉(2006)이 있다. 이 중 〈성냥공장 소녀〉에는 한 노동자 여성이 등장한다. 이름은 이리스. 카우리스마키 영화에서 자주 볼 수 있는 카티 오우티넨 배우가 맡았다. 오우티넨은 감독의 말 없는 영화들에서 무표정으로 관객들에게 많은 대화를 걸어왔다.

오우티넨이 연기한 이리스는 제목이 암시하듯 성냥공장에서 일한다. 그리고 영화는 시작하자마자 검은 화면에 이러한 글귀를 띄운다. "사람들은 멀리 떨어진 숲속 한가운데서 추위와 배고픔으로 죽을 것 같다." 세르기안 골론, 안젤리카 백작부인의 말이다.

이어지는 검은 화면에서는 크레딧이 뜨고 차가운 겨울의 바람 소리가 한참 이어진다. 이후 화면이 켜지면 공장의 기계들이 등장한다. 감독은 성냥의 제조 과정이 길게 흘러가도록 둔다. 기계들이 이리저리 움직이는 컷을 롱테이크로 보여주는 것이다. 마치 기계가 이 영화의 주인공인 것처럼.

또한 카우리스마키의 대부분의 영화가 그렇듯 〈성냥공장 소녀〉 역시 조용하나 시끄럽다. 인물의 대사는 스무 마디도 채 되지 않지만 앰비언스(환경음)와 음악은 영화 내내 귀를 가득 메운다. 오프닝 신부터 기계 소음이 가득한데 이는 한참 이어지며 중반부에 이르러서야 주인공 목소리를 들을 수 있다. 노동자인 이리스의 목소리를 듣기 위해서는 공장의 소음을 견뎌야만 하는 것이다.

을 목소리뿐 아니라 이리스의 모습 역시 영화가 시작된 후 3분 40초가 지나서야 만날 수 있다. 그러나 이마저도 공장에서 일하고 있는 이리스의 바스트 숏, 원 숏을 통해서다. 이리스는 말이 없다. 공장의 소리 속에 이리스가 있을 뿐이다.

자본주의를 냉소적으로 표현해왔던 카우리스마키는 이 영화에서도 기계 뒤에 있는 사람, 자본 뒤에 있는 사람의 현실을 컷 연결로 담아냈다.

고독한 노동자와 천안문 시위

일을 마친 이리스가 집으로 돌아온다. 집은 이리스에게 어떠한 공간일까? 편안함과 안락함을 전해주며 따뜻한 말을 건넬까? 안타깝지만 그렇지 않다. 이리스는 다른 식구들의 도움 없이 홀로 식사를 준비한다. 엄마, 의붓아버지, 이리스로 구성된 세 식구는 마주 앉아 말 한마디 없이 밥을 먹는다. 감독은 여기서 텔레비전을 길게 보여준다. 텔레비전에서는 중국 인민해방군의 천안문광장 시위 진압작전을 보도하는 뉴스가 나오는 중이다. 비무장 학생시위를 진압하고 수백 명의 사상자를 낸 사건을 컷 전환 없이 1분이 넘는 시간 동안 그대로 담아낸다. 그 순간만큼은 관객 역시 영화가 아닌 뉴스를 보는 것 같을 테다. 감독은 이렇게 관객에게 하고 싶은 말을 인물의 대화가 아닌 다른 방식을 택해 전한다. 기계 소리로, 텔레비전 소리로.

핀란드 여성 노동자가 처한 상황과 천안문광장의 무력 진압은 어떤 연관이 있을까. 한 여성 노동자의 고독과 어마어마한 사상자를 발생한 무력 진압은 맞닿아 있다. 임종린의 단식과 그에 대한 파리바게트 측의 태도와도 겹친다. 특히 무력감이라는 공통 정서가 느껴진다. 기계들 뒤에 가려진 일상 속에서도 사랑을 꿈꾸는 노동자 이리스, 평화를 원했던 비무장 학생시위, 노동자의 평등하고 당연한 권리를 요구했던 단식은 연결된다. 이를 바라보는 세상의 태도 또한 유사하다. 묵묵부답, 폭력 진압, 노조 검열 등 무력감을 유발하는 행위 말이다. 이리스는 그중 무력함에 가장 찌들어 있는 인물이다. 말 한마디 꺼내지 않을 정도로 세상을 포기한 사람 같다. 그러나 이리스는 완전히 포기하지 않았다. 지긋지긋한 세상에서 자신을 구원해줄 사랑을 기대하며 댄스홀로 향한다.

우리는 늘 사랑을 찾는다. 사랑의 형태는 단순히 성애적이지만은 않다. 때로 연대의 모습을 띠기도 한다. 불매운동에 참여하고 시위에 나서고 릴레이 단식을 하는 것이 그 사례다. 만약 이리스에게도 댄스홀이 아닌 다른 방식으로 사랑을 찾는 법이 있었다면 이 영화의 결말이 덜 슬프지 않았을까? 그랬다면 영화에서 이리스의 목소리를 더 많이 들을 수 있었을지도 모른다.

이리스는 댄스홀에서 만난 남자와 관계 후 임신을 하고, 자신이 꿈꿔왔던 미래를 그려가지만 결국 차갑게 버림받는다. 이리스 곁의 기계들 역시 감정 없이 계속 돌아갈 뿐 말 한 번 건네지 않는다. 동료들도 마찬가지다. "임신했어요." 드디어 이리스가 입을 열었을 때, "그래요?"라는 짧은 답을 남긴 채 피우던 담배를 끄고 자리를 뜰 뿐이다. 그리고 이리스는 달려오던 차에 치인다. 게다가 가족들이 이리스가 임신한 사실을 알게 되자 이리스는 집에서 쫓겨나고 만다. 엎친 데 덮친 격으로 이리스는 그렇게 고독과 절망 끝에 서버렸다. 이때 이리스는 새로운 선택을 한다. 바로 쥐약을 사는 것이다. 나는 이 장면에서 이리스가 쥐약을 먹을 것만 같아 조마조마했다. 그러나 영화는 예상과 다르게 흘러간다. 이리스는 쥐약을 댄스홀에서 만났던 남자에게 먹이고, 부모님에게도 먹인다. 이리스의 분노는 이렇게 연대를 만나지 못한 채 타인에게 가하는 개인적인 복수로 마무리되고 만다. 여느 때처럼 공장에서 일하던 어느 날, 형사들이 찾아와 이리스를 데려간다. 카메라는 이리스가 떠난 공장을 오랫동안 비춘다.

자본주의만큼 차가운

〈성냥공장 소녀〉는 자본주의만큼 차가운 영화다. 감독

의 다른 영화에서 볼 수 있는 유머 한 스푼조차 등장하지 않는다. 이 영화 전체를 대변하는 것은 이리스의 무표정이다. 이리스는 퇴근 버스에서 책을 볼 때만 잠시 미소를 지을 뿐이다. 그에게는 노동의 즐거움도, 함께 일하는 동료도, 가족의 부당한 처사에 공감하거나 저항해줄 친구도, 품어줄 사랑도 없다.

안데르센의 단편소설 〈성냥팔이 소녀〉에 등장하는 소녀 '안나'가 떠오른다. 안나는 지나가는 사람들에게 성냥을 파는데 아무도 그걸 사주지 않는다. 소녀는 홀로 성냥을 켜 추위로부터 자신을 지킨다. 성냥 하나를 켤 때마다 안나가 꿈꾸는 장면들이 환상처럼 떠오르지만, 성냥불이 유지되는 시간은 너무 짧다. 가지고 있던 성냥을 다 켜버린 소녀는 결국 추위 속에서 동사하고 만다. 안데르센의 이 소설에서 영화는 출발했다고 볼 수 있다.

물론 소설과 차이점은 이리스가 복수한다는 것이다. 이리스는 성냥을 자신을 보호하기 위해 켜지 않고 저 차가운 세상을 향해 던진다. 그리고 본인도 끝내 잡혀가는 엔딩을 맞는다.

〈성냥공장 소녀〉의 카메라는 카메라를 삼각대에 고정시켜놓고 찍는 픽스(fix) 촬영으로 대부분의 숏을 담았다. 최소한의 무빙만 허용한 것이다. 무심히 서 있는 카메라는 무표정한 이리스와 꼭 닮았다. 이리스를 유일하게 지켜봐준 대상이 있다면 그것은 카메라일 테다. 카메라는 이리스에게 다가가지도, 시선을 떼지도, 멀어지지도 않는다. 그저 같은 앵글 사이즈로 그를 응시한다. 이는 자본주의의 비참함을 그대로 전하기 위한 연출 전략이다. 일말의 동정도, 연민도, 회피도 없이 바라보기. 원 숏, 바스트 숏으로 마치 증명사진을 찍는 것처럼 자본주의의 온도를 증명하기.

카메라는 이리스의 삶을 아는 것 자체가 중요하다고 말하는 듯하다. 우리는 자본주의의 현실과 그 그림자에 가려진 노동자의 삶을 꾸준히 지켜봐야 한다. 하지만 나는 감독이 제안한 방식보다 조금 더 적극적인 태도를 취하길 소원한다. 꾸준한 관심으로 불매운동에 참여하고 연대 기금을 보태는 등 이리스에게 말 한번 걸어주는 방식으로 행동하길 바란다. 감히 이리스의 앵글 안으로 들어갈 수는 없겠지만 클로즈업으로 이리스를 바라볼 수는 있지 않을까? 단 아이레벨(인물 눈높이에서 촬영하는 것)로 바라보아야 한다. 노동자에게 필요한 것은 동정이 아닌 연대이므로.

세상을 살아가는 모든 이에게 필요한 것

카우리스마키의 영화에서 빼놓을 수 없는 또 하나의 요소는 음악이다. 그는 〈레닌그라드 카우보이 미국에 가다〉

〈성냥공장 소녀〉의 카메라는 카메라를 삼각대에 고정시켜놓고 찍는 픽스 촬영으로 대부분의 숏을 담았다. 최소한의 무빙만 허용한 것이다. 무심히 서 있는 카메라는 무표정한 이리스와 꼭 닮았다.

(1989)라는 음악영화를 연출할 정도로 음악에 큰 관심이 있다. 이 조용한 영화에서 가사는 배우가 내뱉는 대사보다 더 많은 자막을 차지한다. 첫 번째 음악은 댄스홀에 간 이리스를 비출 때 나오는 탱고다. 댄스홀의 여자들은 모두 남자의 선택을 받아 춤을 추는데 홀로 남은 이리스는 음악을 듣는다. 뮤지션들의 모습이 또 다른 주인공처럼 등장한다. 댄스홀의 풍경은 이리스가 없는 듯 그려진다. 어디서든 이리스는 없는 존재다.

가사가 중심을 이루는 곡이 영화에서는 총 세 번 등장한다. 첫 번째는 이리스가 홀로 남은 댄스홀에서, 두 번째는 댄스홀에서 만난 남자에게 버림받은 뒤 카페에서, 세 번째는 이리스가 모두에게 쥐약을 먹인 뒤 직접 켠 라디오에서. 각 음악은 이리스의 마음을 묘하게 대변하거나 역설적으로 표현한다. 첫 번째 음악의 가사는 쓸쓸하기 그지없고, 두 번째 음악의 가사는 아이러니하게도 사랑에 푹 빠진 남자의 마음을 담고 있다. 세 번째 음악은 이리스가 형사에게 잡혀간 후에도 계속 흘러나오는데 특히 마지막 장면의 가사가 이렇다. "네가 줄 수 있는 것은 실망 말고는 없어. 추억의 짐은 견디기가 너무 힘들어. 사랑의 꽃을 이젠 피울 수가 없어. 너의 차가운 눈길과 냉소만이 토해내네." 음악이 끝나면 다시 시작된 침묵 속에서 크레딧이 쓸쓸하게 올라간다. 세 번째 음악의 가사는 잔혹한 이별을 담고 있다. 연인과의 이별을 그린 내용으로 들리지만 그것은 차디 찼던 자본주의 세상과의 작별을 고하는 이리스의 마음에 더 가까운 듯하다.

우리가 사는 세상은 이리스의 세상과 다를까. 비슷하다면, 다른 결말을 내기 위해 우리는 무엇을 할 수 있을까. 연대하고 행동했을 때 마지막 장면에서는 어떤 음악이 울려퍼질까? 꽃다지의 〈바위처럼〉일까? 소녀시대의 〈다시 만난 세계〉일까? 감독은 이리스를 사랑받지 못하는 노동자 여성으로 표현했지만 자본주의를 그리는 방식을 보면, 그가 전하려는 사랑은 단순히 가족애나 성애가 아님을 알 수 있다. 감독이 말하고 싶은 사랑은 곧 세상을 살아가는 누구에게나 필요한 관심이다. 기계는 관심 없이도 잘 돌아가지만 노동자는 기계가 아니다. 마지막 음악의 가사로 글을 마무리한다. "오, 당신은 어떻게?"

과소비 시대,
이삭 줍는 사람들

〈이삭 줍는 사람들과 나〉(아녜스 바르다, 2000)

과소비 시대

오늘도 나는 쓰레기봉투를 묶는다. 2인 가구임에도 쓰레기는 매번 무지막지하게 발생한다. 쓰레기를 줄여보고자 이것저것 시도해본다. 샴푸 대신 샴푸바, 휴지 대신 행주 사용하기 등. 실천이 미약한지 쓰레기는 늘 한 바가지다. 재활용 쓰레기를 버리는 날이면 언제 또 이만큼 쓴 걸까 싶을 만큼 봉투가 꽉 찬다. 쓰레기를 만드는 삶, 그 이상도 이하도 아닌 것 같다는 생각이 들 때면 삶 자체가 쓰레기처럼 여겨지기도 한다.

아네스 바르다 감독의 다큐멘터리 영화 〈이삭 줍는 사람들과 나〉에는 무언가를 줍는 사람들이 나온다. 그들은 쓰레기통을 뒤지기도 하고 밭을 뒤지기도 한다. 그들이 뒤져서 건진 것은 쓰레기가 아니다. 누군가는 쓰레기라고 생각하고 버린 게 분명한데 그들이 줍는 순간 그것은 쓰레기가 아니게 된다. 예술품이 되기도 하고 식량이 되기도 하고 인테리어 소품이 되기도 한다.

바야흐로 과소비 시대다. 환경오염, 기후위기에 대한 뉴스가 매일 같이 경종을 울리지만 많은 사람에게 가닿지는 않는 듯싶다. 몇 년 전 서울 시청 앞에서 1인 시위를 한 적이 있었다. 점심 시간 무렵이라 식사를 하고 나온 직장인들을 대거 마주칠 수 있었다. 그들의 손에는 대개 플라스틱 일회용 잔에 담긴 음료가 들려 있었다. 한쪽에서는 텀블러가 대량 생산되어 문제를 일으키는데, 또 다른 한쪽에서는 여전히 플라스틱 쓰레기가 난무하는 중이었다. 다른 세상에 와 있는 것만 같았다.

하지만 다른 세상이 아니다. 우리는 같은 세상에 살며 서로 영향을 주고받고 있다. 다시 말해 우리는 계속 미래에 쓰레기를 버리고 있는 셈이다. 미래의 쓰레기통은 이제 차고도 넘친다. 공장에서는 쉴 새 없이 새 물건이 생산되고, 그러는 중에도 조금이라도 하자가 있는 상품들은 쉽게 버려진다.

이삭 줍기, 이미지 줍기

〈이삭 줍는 사람들과 나〉에는 감자밭이 나온다. 그곳에는 상품성이 없어 선별되지 못한 감자가 어마어마하게 많다. 이에 이삭 줍는 사람들이 모인다. 각자 바구니를 들고 와 먹을 수 있는 감자들을 골라 가져간다. 그렇다. 먹을 수 있는 감자들이었다. 하지만 마트에서는 발견할 수 없는 감자들이다. 조금 하자가 있다는 이유로, 크기가 조금 작거나 크다는 이유로, 모양이 예쁘지 않다는 이유로 버려지는 감자들이다. 실제로 몇 톤의 감자가 이런 식으로 버려진다고 한다. 감독은 영화에서 하트 모양인 감자를 줍는다. 감독도 줍는 사람 대열에 합류한다.

그리고 감독의 줍기는 감자에 그치지 않는다. 버려지는 물건뿐만 아니라 버려지는 이미지까지 줍는다. 영화는 촬영 중 깜빡하고 카메라를 끄지 않은 장면을 그대로 삽입했다. 렌즈 뚜껑이 덜렁거리는 장면이 그대로 찍힌 것을 말이다. 누군가는 버렸을 이미지다. 하지만 감독은 렌즈가 춤추는 장면이 찍혔다며 그걸 줍는다. 감독의 이삭 줍기는 영화 내내 계속된다. 물적인 이삭이든 이미지적인 이삭이든 말이다.

'어글리어스'라는 플랫폼이 있다. 판로가 없거나, 하자가 조금 있다는 이유로 '상품성 미달'을 받아 버려질 채소들을 배송하는 시스템이다. 나는 이 플랫폼에서 2주에 한 번 배송을 시키는데 항상 종이 한 장이 함께 온다. 거기에는 채소들에 대한 사연이 구구절절 적혀 있다. 조금 휜 오이가 있고, 약간 작은 감자가 있다. 긁힌 자국이 있는 피망과 가지가 있고, 조금 큰 상추가 있다. 그러나 맛과 신선함은 여느 채소들과 다름없다. 버려질 운명에서 이삭 줍는 사람들에 의해 멋진 식료품으로 재탄생한 채소들이다. 깨지거나 흠이 나서 못 쓰게 된 물건을 '파치'라고 한다는데, 파치 식품을 파는 개인 농부들이 점점 늘어나는 중이다.

쉽게 버려지는 것들을 좇는 바르다 감독의 추적은 계속된다. 만약 당신이 쓰레기통을 뒤지는 사람과 마주했다면 어떤 생각을 하겠는가? 바르다는 카메라를 들고 그들과 이야기 나눈다. 실제로 쓰레기통을 뒤져서 음식물을 찾아내는 사람들이 있다. 그들은 유통기한이 지난 식재료로 요리해 먹는다. 유통기한은 소비기한과 다르다. 유통기한이 지난 식재료더라도 소비기한에 따라 식용 가능 날짜가 달라진다. 예를 들면 두부는 냉장보관하면 유통기한에서 90일이 지나도 식용이 가능하다. 그럼에도 두부를 버리는 사람이 있고, 그걸 주워 끼니를 때우는 사람이 있는 것이다.

식료품을 줍는 이들은 주로 식당 앞을 서성인다. 물론 아무것도 버리지 않는 식당 또한 존재한다. 남은 식재료를 다른 용도로 재활용하기 때문이다. 식료품을 줍는 요리사도 있다. 그의 주방에서는 쓰레기가 나오지 않는다. 이렇게 식재료를 대하는 다양한 방법이 있다는 것을 감독은 세세하게 담는다.

버려지는 식료품, 물건, 이미지, 그리고

촬영 중간중간 바르다는 자신의 사적인 모습을 보여준다. 자신의 늙어가는 손을 찍고 늘어나는 흰머리를 찍는다. 감독은 왜 이러한 장면을 삽입한 것일까? 감독의 장난기 때문일까? 감독은 버려지는 것들을 모두 놓치고 싶지 않았을 테다. 나이듦 또한 버려지는 영역 중 하나다. 식료품, 물건, 이미지뿐만 아니라 사회에서 외면받는 늙음 또한 감독은 버리지 않는다. 자신의 장난기도 예외가 아니다. 바르다는 지나가는 화물차들을 촬영하며 손으로 잡아 감추는 장난을 친다. 그 화물차들은 엄청난 생산품들을 싣고 달리는 중이었을 것이다. 그 과정을 잠시라도 멈추고 싶다는 듯이 감독의 의미심장한 장난이 스크린을 채운다.

버려지는 것 중에는 가전제품도 많다. 한 아티스트는 버려지는 냉장고들을 모아 인테리어 제품으로 재활용했다. 한쪽에서는 계속 줍고, 다른 한쪽에서는 계속 과한 생산을 하고 또 다른 한쪽에서는 계속 버린다. 이 고리를 어떻게 끊을 수 있을까.

인터뷰이의 시선, 관객의 자리

다큐멘터리 영화에서 답변자(인터뷰이)들은 대체로 질문자(인터뷰어), 즉 감독을 본다. 질문 던지는 사람을 봄으로써 관객은 질문자 혹은 답변자와 조금 동떨어진 제3자의 위치에서 영화를 마주할 수 있다. 바르다의 영화에서는 종종 답변자들이 카메라 렌즈를 응시한다. 이는 우리가 광고를 보는 듯한 효과를 준다. 관객에게 직접 말하는 이 시선 덕분에 우리는 과소비와 줍는 행위에서 한 발짝도 멀어지기 어렵다. 감독의 자리에 관객을 앉히는 이 효과를 통해 관객은 자기 스스로 질문을 품었다고 착각하게 된다.

이러한 시선이 만들어지게 된 배경은 두 가지로 추측할 수 있다. 하나는 바르다가 얼굴 바짝 카메라를 대고 있었을 것이라는 추측, 또 하나는 바르다가 의도적으로 답변자에게 부탁했을 것이라는 추측이다. 다른 답변자와 달리 갑자기 화면을 보며 말하는 답변자는 귀여워 보인다. 약간의 어색함이 자아낸 귀여움이다. 이 다중의 효과를 통해 감독은 재치를 잃지 않으며 관객을 문제 속으로 직접 끌어들인다.

바르다는 본래 픽션과 논픽션을 자유자재로 오가며, 두 가지 다른 장르를 결합해 하나의 이야기를 보는 쾌감을 선사하기로 유명하다. 〈이삭 줍는 사람들과 나〉는 완벽한 논픽션 다큐멘터리 영화다. 하지만 여기에는 두 가지 결이 분명하게

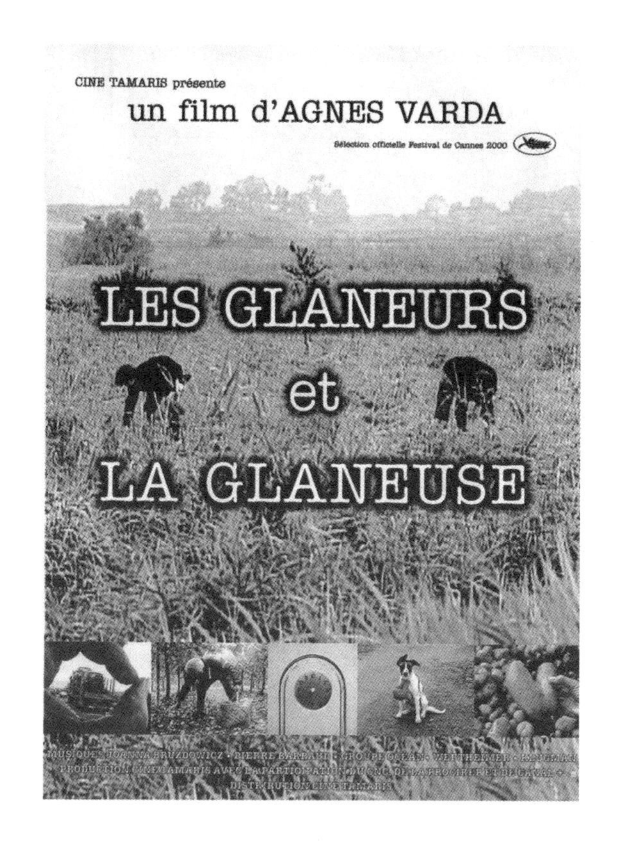

쉽게 버려지는 것들을 좇는 바르다 감독의 추적은
계속된다. 만약 당신이 쓰레기통을 뒤지는 사람과
마주했다면 어떤 생각을 하겠는가?

오간다. '이삭 줍는 사람들'의 세계와 '나', 즉 감독의 세계다. 감독은 영화 중간 자신의 모습을 보여주는 등 카메라 앞에 나서기를 두려워하지 않는다. 그리고 그 두 세계가 결코 분리되어 있지 않음을 끝내 전한다. 감독은 결국 줍는다. 이미지, 장난기, 하트 모양 감자 이외에도 초침이 없어 버려진 시계를. 그리고 이 시계를 자신의 방에 인테리어로 활용한다. 초침 없는 시계도 근사하다는 감독의 내레이션도 들린다. 장르를 통합시키던 감독은 이 영화를 통해 다른 두 세계를 통합시킨다.

영화 중간중간에는 랩이 등장하기도 한다. 영화의 메시지를 직접 전달하는 랩은 관객들이 노년 여성 감독의 영화에서 흔히 기대하는 바와 다른 결이다. 그리고 그 충격의 힙합은 다시 한번 바르다의 천재성을 드러낸다. 다른 사람의 목소리로 시작한 랩이 영화 후반부에 이르면 감독의 목소리로 바뀌는 것이다.

이삭과 쓰레기의 차이점

영화 후반부로 갈수록 이삭과 쓰레기의 차이점을 분간하는 게 어려워진다. 이삭만 골라내던 장면이 이제는 파장한 시장을 뒤지고 쓰레기 더미를 뒤지는 이미지로 달려간다. 어디까지가 이삭일까. 어디까지가 쓸모고 어디까지가 쓰레기

일까. 어디까지가 상품이고 어디까지가 파치일까. 세상은 너무 좁게 쓸모를 규정 짓는 게 아닐까. 그 얄팍한 정의는 수많은 이삭을 버려지게 한다. 이는 사람에게도 유사하게 적용된다. 사회가 요구하는 각종 '정상성'을 수행해야만 쓸모 있는 인간으로 취급받는 현실.

바르다가 영화를 만드는 방식은 이삭 줍기와 유사하다. 쓰레기 더미를 뒤지는 사람들을 집요하게 쫓아가 이미지를 줍는다. 이로써 과소비 과대 생산 사회에 저항한다.

중고 거래 어플리케이션인 당근마켓이 엄청난 유행을 불러일으켰다. 사람들은 버릴 물건이나 필요 없는 물건을 그곳에 내놓는다. 중고 거래가 붐을 일으켰고, 이사 가기 전 필수 과정처럼 '당근'을 한다. 이 또한 이삭을 줍는 행위로 볼 수 있다. 하지만 여전히 너무 많이 생산되고, 너무 많이 버려진다. 우리는 얼마나 더 주울 수 있을까. 얼마나 덜 버릴 수 있을까. 하루라도 버리지 않고 살 수는 없을까. 떨어진 이삭 한 알이라도 주울 수 있을까. 아무리 생각해도 둘러보면 이삭이 너무나 많다.

‘대의’에서 소외된 갈매기는 어디로 날아가야 하는가

〈갈매기〉(김미조, 2021)

“오늘은 나 창피하게 하지 마요.”

‘해일이 오는데 조개나 줍고 있다.’ 어떤 자가 말했다. 대의를 위해 지금은 온 신경을 한 곳에 집중해야 할 때라 페미니즘 같은 작은 조개를 줍고 있을 여력이 없다는 의미다. 여기서 말하는 ‘대의’란 무엇일까. 페미니즘은, 여성의 일은 결코 ‘대의’가 될 수 없는 걸까. 위 발언은 수많은 비판을 받았다. 그래 마땅하다. 약자의 권리에서 우선순위를 나누기 시작하는 순간, 망한다. 이 단순한 논리를 우리는 종종 잊는다.

김미조 감독의 영화 〈갈매기〉의 주인공 오복(정애화)은 중노년 여성이다. 딸이 셋인데 그중 첫째 딸의 결혼을 앞두고 있다. 오복은 시장 내 생선가게에서 일한다. 그런데 시장이

용역에 의해 밀려날 위기에 처한 상황이다. 이에 시장 사람들은 붉은 조끼를 입고 '단결 투쟁'이 적힌 머리띠를 나눠 맨 채 용역들과 대치 중이다. 오복 역시 이 투쟁에 참가한다.

영화의 첫 신은 상견례 장면이다. 오복은 곱게 차려입고 남편, 딸과 함께 둥그런 테이블에 앉아 예비 사위와 그 가족을 기다린다. 여기서 영화의 첫 대사가 등장한다. "오늘은 나 창피하게 하지 마요." 딸의 말이다. 딸이 오복을 어떻게 바라보는지 단번에 알 수 있는 대사다. 딸에게 자랑스럽지 않은 엄마, 부끄러운 엄마 오복은 짧게 항변한다.

상견례는 하나의 쇼 같다. 허례의식이 시작되는 출발점이기도 하다. 특히 한국식 결혼 풍습에서는 집안과 집안의 만남이라는 명제에 딱 일치하는 자리다. 양쪽 집안 사람들은 어색한 대화를 주고받을 뿐이다. 모처럼 근사하게 차려입은 오복은 상견례를 마친 후 시장 조합 자리에 참석한다. 어두운 밤, 시장 사람들은 모여 앉아 스티로폼 박스 위에 술과 안주를 올려놓고 먹고 마신다. 술자리에 함께했던 오복은 거절하다가 결국 한 잔 두 잔 들이킨다. 이에 카메라도 덩달아 취하는 듯 포커스가 나갔다가 들어오기를 반복한다. 카메라 포커스가 거칠게 이동하는 장면은 이 영화 속에서 오롯이 여기뿐이다. 동일한 신에서 시간 흐름을 컷으로 끊어 보여주는 방식인 '컷투(cut to) 기법'이 쓰인 곳도 여기뿐이다. 정신 없이 흘러가는 이 장면이 끝나면, 화면은 암전되고 잠시 트로트가 흘러

나온다.

오복은 이날 밤 시장 사람의 입장을 대표하는 한 남성에게 성폭행을 당한다. 하지만 영화는 그 장면을 직접 보여주지 않기에 관객은 오복이 당한 일을 뒤늦게 알게 될 확률이 높다. 피해 상황을 빠르고 정확하게 전하기 위해 폭력적으로 묘사하는 것 자체가 또 다른 폭력이 될 수 있음을 생각해보게 하는 부분이다. 게다가 관객은 조금 늦을 뿐 이러한 신 배치만으로도 충분히 오복이 당한 일을 짐작할 수 있다.

'술에 취한 오복, 해가 뜰 무렵 홀로 시장을 걸어 나오는 오복, 지하철 계단을 힘들게 오르는데 뒤따라 오던 여성이 알려주어 치마에 피가 묻었음을 알게 된 오복, 목욕탕에서 속옷을 빠는 오복'으로 장면이 연결되는 것만으로도 충분히 상황이 전달된다. 그리고 목욕탕에서 빨래하지 말라는 목욕탕 주인의 말에 오복은 기운 없이 이렇게 대답한다. "미안해요."

어느 날 오복은 첫째 딸과 함께 탄 차에서 그날의 일을 털어놓는다. 하혈을 하느냐는 딸의 질문에 오복은 말이 없다. 그리고 장면은 차가 서 있는 모습을 비추는 것으로 바뀐다. 깜빡이를 튼 차가 멀리서 보인다. 이어지는 다음 신은 차 안의 두 모녀다. 오복은 말한다. "아빠한테 말하지 마." 첫째 딸은 당황스럽다는 표정으로 차에서 내리는 오복을 그저 바라본다. 김미조 감독은 이렇게 직접 언급하는 방식을 넘어 다른 가능성을 탐색한다. 여느 영화들의 게으름을 비판하듯 세심하게 연출해낸다.

오복은 폭행당한 직후 그 사실을 아무에게도 말하지 않았다. 첫째 딸의 결혼식뿐 아니라 시장 사람들의 입장이 신경 쓰였기 때문이다. 사실 오복이 신경 쓸 부분이 아닌데 사회가 피해자에게 부과한 짐이 오복에게도 예외 없었던 게 아닐까. 그 와중에 가해자가 오복의 집에 선물을 들고 찾아가고 남편은 그저 좋아하며 받는 일까지 벌어진다. 셋째 딸이 엄마가 자꾸 빨래를 한다고 말하자, 첫째 딸은 엄마가 며칠째 시장에도 나가지 않는다며 걱정한다. 결국 분노와 억울함이 쌓인 오복은 가해자의 수산 수조에 벽돌을 던진다. 복수의 시작을 알리는 통쾌한 한 방이 어둠 속에서 벌어진 것이다. 하지만 이후 일들은 순순히 흘러가지 않는다.

같지만 다른 붉은색

오복의 상황을 알게 된 시장 사람들이 오복에게 2차 피해를 가하기 시작한 것이다. 한강에 배 한 번 지나간 거 아니냐고, 지금 시장이 얼마나 어려운지 아느냐고 오복이 고소한 일을 두고 비난을 가하기도 한다. 고소하기 전 오복은 생리대를 하고, '생존권 확보'라고 적힌 조끼를 입고, '단결 투쟁' 머리띠를 맨 채 자신의 권리를 주장하는 시장 사람들의 모습을 창문으로 내다본다. 오복을 연기한 정애화 배우의 옆모습에는 많은 감정이 담겨 있는 듯하다.

생존권 확보를 외치는 조끼도 붉은색, 단결 투쟁을 외치는 머리띠도 붉은색, 그리고 성폭행을 당해 흘린 출혈도 붉은색이다. 왜 어떤 붉은색을 위해 또 어떤 붉은색은 꽁꽁 생리대 속에 감춰져야만 하는가. 투쟁 현장을 멍하니 바라보던 오복은 그들이 말하는 정의에서 자신은 배제당했다고 느꼈을 것이다.

오복의 가족 역시 2차 피해를 가한다. 첫째 딸은 결혼이 무마될까봐 걱정하고, 남편은 성폭력은 피해자 여성의 동의 없이는 절대로 일어나지 않는다는 망언을 뱉는다. 오복의 편은 아무도 없는 것만 같다. 하지만 오복의 딸들이 연대하기 시작한다. 함께 사는 첫째 딸과 셋째 딸이 증언해줄 사람을 찾기 위해 나선다. 끝내 딸들이 여성이라는 이름으로 연대하기 시작하는 순간을 보면 가슴이 벅차다.

장 피에르 다르덴과 뤽 다르덴 감독의 영화 〈내일을 위한 시간〉(2015)은 해고당할 위기에 처한 산드라(마리옹 꼬띠아르)가 주인공이다. 반장이 회사 내 직원들에게 한 명이 퇴직하면 대신 월급을 더 주겠다고 제안했는데, 산드로가 그 표적이 된 것이다. 영화는 산드로의 퇴사 찬반을 투표로 결정하는 상황에서 부당한 처사를 막기 위한 노력이 주말 내내 이어지는 과정을 담는다. 산드로는 동료들에게 직접 찾아가 설득하며 반

대해주기를 청한다. 이때 '문'이 영화 속 주요 연출 오브제로 쓰인다. 거절하고, 이야기하는 장면 속에는 모두 '문'이 배경으로 등장한다.

산드로처럼 오복도 시장 사람들을 한 명씩 찾아간다. 하지만 산드로와 달리 오복은 문 근처에도 가보지 못한다. 증언해주리라 기대했던 한 남성과 골목길에서 대화를 나눌 뿐이다. 이 장면에서 골목 끝까지 보이는 좁고 긴 길은 오복이 헤쳐나가야 할 여정처럼 여겨진다. 결국 남성은 약속한 날 경찰서에 나오지 않고, 오복은 또 한 번 고비에 놓인다.

고정된 앵글, 롱테이크, 최소한의 컷

오복이 겪어나가는 이 잔혹한 여정을 카메라는 묵묵히 담는다. 고정된 앵글로, 롱테이크로, 최소한의 컷으로. 한 신을 서너 컷 이하로 촬영했다는 김미조 감독의 말처럼 영화는 서스펜스 대신 다소 지루하더라도 불안을 자극하지 않고 카메라의 개입을 최소화하는 방법으로 오복을 바라본다. 감독의 이 방식은 집 안 구석구석을 보여주는 방식, 시장의 면면을 보여주는 방식으로 등장한다. 롱테이크는 관객의 시선에서 비교적 자유롭기에 여기저기를 훑을 수 있다.

영화 초반, 오복이 엄마와 통화하는 장면이 있다. 우연히 지나가다 들른 학교 운동장 스탠드에 앉아 오복은 엄마와 이야기를 나눈다. 이때 감독은 오복의 정면이 아닌 옆모습을 끈질기게 바라본다. 오복은 엄마에게 묻는다. 왜 자신을 학교에 보내지 않았느냐고. 오복은 자신이 당한 폭력에 제대로 대응하지 못하는 현실 속 답답함을 엄마와의 통화 속에서 토로하며 눈물을 보이고 만다.

오복의 옆모습은 영화에서 거듭 볼 수 있다. 생리대를 붙이고 투쟁하는 동료들을 바라볼 때도, 목욕탕에서 빨래하다가 사과할 때도, 영화는 오복의 옆모습을 비춘다. 응시하되 정면에서 바라보지 않는 이 자세는 옆에서 묵묵히 바라보는 것으로, 치근덕대며 따라붙는 끈질긴 숏이 아니다. 이 앵글을 선택함으로써 관객 또한 오복의 옆모습을 묵묵히 바라볼 수 있게 된다.

오복의 변화

오복이 당한 일을 듣고 고소하자는 첫째 딸에게 오복은 이렇게 답했다. "이 나이에 망신살 뻗칠 일 있냐." 그러나 이후 오복은 점점 달라진다. 높은 건물 옥상에 올라가 1인 시위를 벌이는 사람을 보면서, 아무도 자기편이 되어주지 않는 시장 사람들을 보면서 오복은 점점 적극적으로 변화한다. 영화

(주)영화사진진 제공

오복이 겪어나가는 잔혹한 여정을 카메라는 묵묵히 담는다.
고정된 앵글로, 롱테이크로, 최소한의 컷으로.

후반부에 이르면 오복은 손톱을 깎고 글을 써 내려간다. 끝내 가장 최후의 방법을 택한 오복의 엔딩에는 힘이 넘친다.

오복은 피켓을 들고 가해자의 수산 앞에 선다. 감독은 이때도 피켓에 쓰인 내용을 보여주지 않는다. 중요한 것은 오복의 표정이다. 드디어 오복의 정면을 비춘다. 점점 가까워지는 결연한 눈빛을 한 오복, 그리고 이때 영화 초반에 잠시 등장했던 음악이 다시 울려퍼진다. 바로 트로트다. 중노년을 상징하는 일종인 트로트 곡조는 힘이 넘치고 우울과는 거리가 멀다. 트로트가 커지면서 영화는 끝나고, 궁서체로 쓴 투박한 크레딧이 올라간다. 트로트와 어우러져 영화의 크레딧이 아니라 해당 음악의 크레딧처럼 보인다. 이 투쟁을 지지하는 반주자들의 명단처럼 올라간다.

한 사람의 인권을 짓밟으면서 외치는 '대의'는 과연 정의라고 할 수 있을까. 여성의 인권은 그 말도 안 되는 '대의' 타령 앞에서 '소의'일 뿐일까. 어떤 것이 대의이며 정의일까. 피해자들이 고발하기를 망설이거나 어려움을 겪는 것도 이 때문일 것이다. 내가 대의를 해치는 사람인 양 취급하는 사회적 시선에서 자유로울 수 없기 때문이다.

갈매기는 육지를 맴돈다. 육지에서 사람들에게 과자를 얻어먹기도 하고, 같은 갈매기들과 비교적 친밀한 관계를 맺으며 살아간다. 우리가 새로운 육지를 만들어야 하는 이유도 여기에 있다.

2

증명을 요구하는 세상에 부쳐

존재 자체가 투쟁인 삶

〈크립 캠프〉(니콜 뉴햄·짐 레브레흐트, 2020)

내가 위치한 곳 너머

나는 빌라의 3층에 산다. 건물은 계단으로 오르내린다. 집으로 들어가면 밥솥, 어제 산 버섯, 고양이 사료가 보인다. 그런데 이것들 그 어디에도 보이지 않는 게 있다. 바로 '점자'다. 그러고 보니 현관뿐 아니라 화장실 입구에도 턱이 있다. 이 빌라에 사는 사람들은 모두 계단을 두 발로 오르내릴 수 있다는 의미다. 점자 없이 식재료를 구분할 수 있고, 집에 있는 턱을 가볍게 넘을 수 있으며, 휠체어를 타지 않는 사람들이라는 뜻이기도 하다.

집이 아닌 다른 공간을 떠올려본다. 녹음실. 내가 갔던 녹음실은 대개 지하에 위치했다. 지하로 내려가려면 계단을 통과해야 하는 게 기본이다. 공연장은 어떨까. 공연장도 대부분 지하에 있고, 엘리베이터가 없을 때가 빈번하다. 심지어 입구가 매우 좁은 경우도 있고, 엘리베이터 없는 2~4층에 위치한 경우도 있다. 돌아보니 턱이 없고 엘리베이터가 있는, 장애 친화적인 공연장에 가본 건 딱 한 번뿐이었다. 물론 그때도 공연을 수어로 통역해주는 서비스는 부재했다. 내가 올렸던 공연에는 모두 특정 누군가만 올 수 있었던 것이다.

관람 환경을 제대로 갖춰놓지도 못했으면서 나는 늘 많은 이들이 공연에 와주기를 바랐다. 편협하고 이기적이었다. 내가 어떤 곳에서 노래하는지 제대로 알아보지도 않았으면서 기대하기만 했다. 물론 이런 안내문을 적어둔 적은 있다. "공연장은 엘리베이터가 없는 4층에 위치하고 있습니다. 죄송합니다." 그러나 한 문장으로 끝날 일이 아니다. 공연장을 운영하는 이에게 엘리베이터를 설치할 의향이 있으시냐고 물은 적도 없다. 질문은 다른 이의 몫으로 남겨둔 채 나는 계단을 유유히 내려가 턱을 지나 노래했다.

나는 고양이들과 함께 산다. 그중 '땅이'는 어린 시절에 허피스바이러스를 앓아 한쪽 눈을 잃었다. 내 핸드폰의 배경화면 속 고양이 사진을 본 어떤 이가 이렇게 말한 적이 있다. 고양이의 "한쪽 눈이 아프다"라고. 그런데 땅이는 지금 아프지 않다. 이전에 아팠을 뿐이다. 우리는 그렇게 보이는 대로 판단하는 일에 익숙하다. 나도 마찬가지다. 땅이가 처음 왔을 때, 장난감 낚싯대를 한쪽 눈앞에만 두고 휘저었다. 몇 분 지나지 않아 알았다. 땅이는 장난감에 환장하는 스타일로 장난감이 보이면 그게 어느 쪽 눈에 보이든 앞뒤 가리지 않고 달려든다는 사실을 말이다.

연대로 지속된, 장애인 당사자들의 투쟁

〈크립 캠프〉는 투쟁하는 장애인들의 이야기를 담은 영화다. 영화에서 리더인 쥬디 휴먼은 이런 말을 한다. 사람들은 자신들에게 항상 아프지(sick) 않냐고 묻는다고. 그들은 아프지 않다고 대답한다. 조한진희 작가가 《아파도 미안하지 않습니다》(동녘, 2019)에서 말했듯 세상은 '건강'을 '정상'으로, '아픔'을 '비정상'으로 간주한다. 비정상은 곧 '아픔'으로 판단되는 것이다. 그러나 우리는 모두 어딘가는 아프고 어딘가는 아프지 않지 않는가. 단순히 구분할 수 있는 문제가 아니다.

〈크립 캠프〉는 1971년 미국 뉴욕에서 장애인들이 대거 참가한 '제너드 캠프'(장애를 가진 사람들이 참여하여 장애인권과 탈시설운동 등을 논의한 행사로 1951년부터 2009년까지 진행되었다)를 기록한 영상으로 시작한다. 장애인들이 단체로 참가한 이 캠프에서 그들은 자유로움을 느낀다. 그 자유를 대변하듯 밥 딜런 등 저명한 포크송 음악가들의 음악이 배경으로 깔린다. 1970년대 자유와 평등을 중시하던 히피 문화 속에서 행해진 캠프는 장애인에 대한 시선을 바꿔놓는다. 당시 그들은 동등한 시민으로서 누려야 할 권리를 누리고 있지 못했다. 이에 그들은 권리를 되찾기 위해 직접 투쟁에 나섰다.

이 투쟁의 발단은 1972년에 있었던 윌로브룩 병원 사건이다. 지적장애가 있는 아이들을 집단으로 수용하고 한 아이당 식사 시간을 3분만 제공하며, 아이 50명을 한 간호사가 돌보는 실태가 밝혀지면서 탈시설에 대한 목소리가 높아졌다. 이 같은 사태가 벌어지지 않도록 방안을 마련한 법은 미국 재활법(Rehabilitation Act of 1973) 제504조다. 이는 차별금지 조항으로서 연방 자금을 쓰는 병원과 교육기관, 교통수단 등에서 사회적 약자를 차별해서는 안 된다는 내용이다. 그러나 허나닉슨 대통령은 자금이 많이 필요하다는 이유로 이를 거부했고, 결국 장애인들은 거리로 나섰다. 맨해튼 사거리의 교통을 마비시킨 휠체어 농성이 언론에 주목받자 정치권은 재활법을 통과시키지만 실제로 이행하지는 않았다.

그럼에도 그들은 포기하지 않고 계속 시위를 이어나갔다. 1977년 카터 정부 시기, 이들은 보건복지부의 관으로 들어가 본격 시위를 벌였다. 23일간 단식 투쟁을 한 사람도 있었다. 물과 밥이 끊겼을 때 연대를 청해온 건 시민사회였다. 가게를 운영하는 레즈비언 커플이 샴푸와 물을 보내왔고, 블랙팬서라는 단체가 아무 대가 없이 음식을 제공했다. 연대하며 끈질기게 시위를 이어간 만큼 정부 역시 끈질기게 자금을 핑계로 고개를 가로저었으나 끝내 그들에게 손을 들었다. 장애인들은 시위하던 시설에서 나오며 박수를 받았다.

대중교통에서 장애인을 마주할 일이 적은 사회

그렇다면 2021년 한국의 장애인 이동권은 어떠한가. 긍정적인 답을 하기가 쉽지 않다. 한국의 장애인들도 투쟁에 나섰다. 휠체어를 타고 대중교통을 이용하는 방식으로 말이다. 누군가에게는 대중교통을 이용하는 일이 아주 사소한 일상에 지나지 않겠지만, 장애인들에게는 투쟁의 현장이 된 셈이다. 서울교통공사는 교통이 지연되는 이유를 장애인 시위대 탓으로 돌렸다. 애초에 장애인이 이용하기 불편한 시스템을 만들어 놓고 이용자 탓을 한 것이다. 언론 역시 이를 장애인 탓으로 돌리는 기사를 내보냈다. "장애인 단체 시위로 원활한 배차가 이뤄지지 않았다"라는 기사 제목에는 누군가를 향한 분명한 화살이 들어 있다. 게다가 "기습 시위"라는 단어까지 썼다. 시위 전에 이미 장애단체들이 보도자료를 냈고, 전날에는 서울교통공사 트위터에 공지까지 올라왔는데도 무지한 언론은 활시위를 아무렇지 않게 당겼다.

2001년과 2002년 장애인용 리프트가 추락해 장애인 두 명이 사망한 일이 있었다. 이후 지자체는 지하철 전 역사에 엘리베이터를 설치하겠다고 약속했지만 여전히 지켜지지 않고 있다. 2017년 또 다른 사망자가 나왔는데도 말이다. 엘리베이터를 설치하는 것만으로 모든 문제를 해결할 수 있는 것은 아니다. 열차와 역 사이 간격이 휠체어를 탄 이들에게 또 하나의 고비이듯 말이다.

장애인 시위는 장애인을 포함해 모든 교통 약자를 위한 시위다. 하지만 이를 바라보는 사회의 시선은 여전히 차갑다. '분리 평등 정책'과 다를 바 없다. 이러다 보니 대중교통이나 길가에서 장애인을 마주할 일이 줄어들 수밖에 없고, 더 나아가 그들을 우리와 다른 존재로 인식하게 된다. 미디어 상황도 별반 다르지 않다. 장애인을 다룬 극영화에는 대부분 동정의 시선이 담겨 있다. 눈물을 쥐어짜게 만드는 영화를 본 후 극장을 나설 때 비장애인인 독자는 장애인과 자신을 구별 지으며 자신의 삶을 긍정하기 쉽다. 이는 기부를 독려하는 방송의 시선과도 닮아 있다. 대개의 기부 방송에서 카메라는 위에서 '이들'이 아닌 '저들'을 찍는다. 구조적인 문제는 가리고 동정과 연민의 감정을 극대화시킨다. 기부 방송 자체가 문제라고 이야기하는 게 아니다. 선한 목적에는 그에 맞는 과정과 연출이 따라야 한다. 사회적 약자를 내려다보는 시선은 어떠한 구조적 변화도 가져오지 못할 것이다.

동정의 대상도 차별의 대상도 아닌

이번 글을 쓰기 위해 나는 장애인이 등장하는 극영화를 몇 편 찾아보았다. 거기에는 대부분 남성이 주인공으로 등장했고, 그들에게는 여성을 혐오하는 시선이 있었다. 가령 구스반 산트 감독의 〈돈 워리〉(2019)에는 여성 간호사를 성적 대상화하는 장면이 나온다. 나는 영화 보기를 중단할 수밖에 없었다. 사회적 약자의 이야기를 다룬다고 하지만 다른 약자성은 가볍게 짓밟는 영화였다. 이것만 문제가 아니다. 많은 극영화가 장애를 다룰 때 '극복 서사'를 택하고 있었다. 그러나 장애는 극복의 대상도 동정의 대상도 아니다. 〈크립 캠프〉를 보고 났을 때 나는 눈물이 나지 않았다. 투쟁의 불씨가 타올랐고 사회구조에 대해 의심이 들었다.

장애인은 장애 이외에도 수많은 정체성을 갖고 있다. 하지만 사회는 그저 장애인으로만 그들을 바라볼 뿐이다. 장혜영 감독의 〈어른이 되면〉(2018)에 등장하는 장혜정은 재능 부자다. 미술 전시를 열 정도로 그림 실력이 뛰어나고 어디서나 춤을 출 수 있으며 무엇보다 농담의 귀재다. 다큐프라임 〈부모와 다른 아이들: 무사히 할머니가 될 수 있을까〉에도 장혜영, 장혜정 자매가 등장한다. 커피 마니아인 장혜정은 계속 커피를 마시려 하고 언니는 이를 만류한다. 아메리카노를 사러 가면서 오늘은 이것까지만 마시자며 장혜영이 새끼손

가락을 내민다. 약속하면서 묻는다. "이 약속은 어떤 약속이야?" 장혜정이 답한다. "헛된 약속." 나는 이 장면을 보며 배를 쥐고 웃었다.

유투버 구르는 매달 휠체어를 새롭게 꾸며 화보를 찍는다. 최근 유행했던 엠넷의 댄스 프로그램 〈스트릿 우먼 파이터〉 스타일로 그래피티 앞에서 멋진 포즈를 취하기도 하고, 하이틴 영화 속 여주인공처럼 꾸미고 촬영하기도 한다. 12월의 주제는 크리스마스였다. 그는 휠체어에 크리스마스 장식을 달고 산타복을 입은 채 선물을 들었다. 이러한 모습은 미디어가 더 다양하게 장애인의 모습을 조명해야 한다고, 장애인을 납작하게 묘사하지 말라는 메시지를 전한다.

〈크립 캠프〉에는 장애인들의 드랙쇼 영상이 나온다. 그들은 장애를 최대한 숨기라고 강요하는 사회적 시선과 눈치에서 벗어나 자신의 새로운 정체성을 찾기 위한 일환으로 화장을 하고 마음에 드는 옷을 입은 후 무대에 오른다. 〈크립 캠프〉의 원제는 'Crip Camp'다. 'Crip'은 절룩거리는 모습을 뜻한다. 그렇다면 한국어 제목은 의도를 떠나 원제를 훼손하는 것이다. 영화에 등장하는 이들은 단 한 번도 장애는 없다고 말하지 않는다. 장애를 부정하거나 극복의 대상으로 바라보는 대신 장애와 함께 어떻게 살아갈 것인지 끊임없이 질문한다. 동등한 시민임에도 왜 누군가의 삶은 투쟁이 될 수밖에 없는지 물음표를 던진다.

영화에 등장하는 이들은 단 한 번도 장애는 없다고 말하지 않는다. 장애를 부정하거나 극복의 대상으로 바라보는 대신 장애와 함께 어떻게 살아갈 것인지 끊임없이 질문한다.

기록 영상들의 화질이 좋아지고, 장면이 흑백에서 컬러로 바뀌면서 영화는 조금씩 변화를 맞는다. 전동 휠체어가 생기고, 지난하게 이어진 투쟁의 결과로 경사로가 생긴다. 음향감독을 꿈꾸던 한 장애인이 부스에 오르려면 계단을 통과해야 했는데 이 역시 개선됐다. 각자 꿈꾸던 삶에 조금씩 가까워졌다. 이 모든 것의 배경에는 당시의 투쟁이 자리했다.

한국사회에서 장애인은 그저 대중교통을 이용하는 것조차 시위하는 것으로 받아들여지는 존재다. 많은 혐오와 구조적 문제를 변화시키기 위해서는 장애인뿐 아니라 사회 전체가 변혁해야 한다. 국가는 더 이상 그들의 삶에 빚질 수 없다. 늦은 만큼 빠르게 갚아나가야 한다.

웬디는 준비되었다

〈스탠바이, 웬디〉(벤 르윈, 2017)

스탠바이되었나요?

'모든 준비가 완벽히 끝났다'라는 뜻의 스탠바이. 글을 시작하기 앞서 질문을 던지고 싶다. 여러분은 스스로 자신이 스탠바이되었다고 생각하나요? 당신이 계획한 일에 앞서 모든 준비를 완벽하게 마쳤다고 여기나요?

이번에 다룰 영화는 벤 르윈 감독의 2017년 작 〈스탠바이, 웬디〉다. 주인공 웬디(다코타 패닝)는 글을 쓰는 작가이자 스타트랙(미국 SF 콘텐츠로, 1966년 원작 드라마가 제작된 이후 수많은 후속작과 영화, 게임, 소설 등이 만들어졌다. 전 세계에 팬이 있다)의 광팬이다. 정신질환자를 위한 시설에 살고 있으며, 항상 자로 잰 듯 똑같은 일상을 보낸다. 밥 먹고, 아르바이트하고, 텔레비전 보고, 글을 쓰는 루

틴. 감정을 통제할 수 없을 때면 '스탠바이'를 되뇌며 자신을 다스리려고 노력한다. 그렇게 반복되는 하루하루가 이어지던 어느 날, 웬디에게 목표가 생긴다. 바로 스타트랙 팬 소설 공모전에 참가하기로 한 것. 우편을 보내야 하는 날짜를 불가피하게 놓친 웬디는 직접 LA에 있는 파라마운트 픽쳐스로 가기 위한 여정을 시작한다.

웬디의 여정은 모험이다. 항상 돌아가던 쳇바퀴에서 뛰어내리는 것이기에 모든 과정이 녹록지 않다. 목적지로 가는 매 단계마다 방해물을 마주한다. 하지만 웬디가 갖고 있는 장애 그 자체가 고난의 원인인 건 아니다. 대개의 모험 영화는 과정마다 관객에게 긴장을 준다. 하지만 〈스탠바이, 웬디〉는 웬디의 장애를 이용해 긴장을 자아내지 않는다. 단지 조금 나쁜 사람과 운이 나빠 벌어진 사고가 있을 뿐이다.

웬디와 아이레벨

카메라 앵글의 종류에는 위에서 내려다보는 '부감'(하이 앵글), 아래에서 위로 올려다보는 '앙각'(로우 앵글), 인물의 눈높이에 맞춘 '아이레벨' 등이 있다. 각 앵글은 상황에 맞게 쓰인다. 부감은 흔히 인물을 작고 귀여워 보이게, 혹은 외로워 보이게 할 수 있다. 앙각은 인물의 권위를 드러낼 때 쓰이곤 한다. 물론 예외적인 경우도 있고, 이 효과를 역설적으로 이용하는 숏도 많다. 가령 두 인물이 대화를 나누는 숏에서 서로를 아이레벨로 보여주다가 한쪽을 부감으로 보여주는 것으로 바꾸면, 대화 내용에 따라 한 인물이 긴장하거나 위협하는 모습을 표현할 수 있다.

웬디는 사람과 눈을 잘 맞추지 못한다. 웬디의 시선은 항상 조금 아래를 향한다. 카메라는 그런 웬디를 꿋꿋이 아이레벨로 촬영한다. 하이 앵글로 웬디를 잡았다면 웬디가 사람과 눈을 맞추는 데 어려움이 있다는 점이 부각됐을 것이다. 두려워하는 모습으로 비춰질 수도 있다. 로우 앵글로 웬디를 찍었다면 웬디와 눈맞춤이 가능했을 수도 있다. 하지만 이는 눈맞춤을 어려워하는 웬디를 무시한 채, 웬디의 눈을 보려는 카메라의 욕망을 드러낼 뿐이다. '웬디의 아이레벨'은 엄밀히 말하면 로우 숏일 수 있지만. 카메라는 웬디가 불편하지 않은 아이레벨에 위치한다. 이렇듯 앵글은 태도를 담는다.

미디어에서 장애·빈곤·소수자를 어떻게 그려왔는가. 하이 앵글로 그들의 이상함, 평범하지 않음, 비정상적임을 부각하고 드러내며, '정상'인 당신과 동떨어져 있음을 전한다. 이는 그들의 처지를 연민하고 동정하게 하며, 그들과 다른 처지에 있는 시청자에게 이상한 안도감을 선사한다. 그때는 시스템에 대한 이야기가 하나도 없다. 개개인의 서사는 무시된 채 그저 불쌍한 존재로 표현될 뿐이다.

로우 앵글로 과하게 눈을 맞추는 경우도 있다. '환우'라는 표현이 일례다. 근심 환(患)에 사람 자(者)를 쓰는 '환자'라는 표현이 있는데, 환에 굳이 벗 우(友)를 붙여 '친근한' 단어를 만들었다. 환자들에게 지나치게 거리를 두는 사회에서 환우는 거리를 한 폭 줄이는 역할을 할 수 있겠지만, 기본적으로 이는 다가가는 사람의 입장을 더 많이 반영한 것이다.

〈스탠바이, 웬디〉는 최대한 고정 숏으로, 현란한 무빙 없이, 아이레벨 숏으로 촬영했다. 장애를 우스꽝스럽거나 절절한 슬픔으로 그려내지 않는다. 웬디는 자신이 목표로 삼은 것을 이루기 위해 노력하며 그 과정에서 부딪히는 방해물을 자기만의 방식으로 이겨내려는 인물이다. 그렇다고 앵글이 웬디가 겪는 혼란을 외면한다는 의미는 아니다. 영화는 사운드 디자인을 활용해 웬디의 내면에 일어나는 혼돈을 드러낸다. 시장의 오토바이나 사람들 소리, 사무실의 타자기 소리 등이 크게 부각되는 것이 그 경우다. 이러한 정신없는 상황 속에서 웬디는 '장애를 극복'하지 않는다. 귀를 막고 중얼거리며 자기만의 방식으로 감정을 다스리면서 목적지로 나아간다.

그렇게 웬디는 결과에 아랑곳하지 않고 끝까지 간다. 이는 앞서 언급했던 〈내일을 위한 시간〉에서 산드라가 자신의 우울증을 끌어안은 채 걸어갔던 여정과 유사하다. 두 영화 속 주인공을 나란히 보고 있노라면 정신질환이 나약함의 원인이나 결과가 아님을 확인하게 된다. 삶이라는 투쟁 속에서 우리가 얻는 게 비단 결과만이 아니라는 것도. 우리는 투쟁하는 매 순간 무언가를 얻고 있을 테니 말이다.

웬디의 능력과 증명

웬디의 능력은 글쓰기에만 머물지 않는다. 열정에 기반한 스타트랙에 관한 기억력 실력은 아마 스타트랙 작가와 맞먹을 것이다. 반려견 피트를 대하는 모습을 보면 책임감도 굉장하다. 그런 웬디가 친언니 집에 방문하지 못하는 이유는 조카가 있어서다. 언니가 웬디를 불안해하기 때문이다. 영화에는 여정을 마친 웬디가 언니와 단둘이 이야기를 나누는 신이 있다. 그때 웬디는 이렇게 말한다. 언니에게 "보여주고 싶었다"라고.

2016년 대검찰청이 제출한 범죄 분석 자료에 따르면, 정신장애인의 범죄율은 0.1퍼센트다. 비정신장애인의 범죄율은 1.4퍼센트다. 하지만 몇몇 언론은 정신질환자 범죄 사건이 일어나면 마치 병이 원인인 것처럼 대서특필해 정신질환에 관한 왜곡된 정보와 혐오를 조장한다. 〈스탠바이, 웬디〉에서 웬디는 오히려 지갑과 아이폰을 절도당하는 피해자가 되지, 가해자가 되는 경우는 없다. 피해자가 되면서까지 자신의 능력과 책임감을 증명해야 하는 일은 영화에서만 일어나는

〈스탠바이, 웬디〉는 최대한 고정 숏으로,
현란한 무빙 없이, 아이레벨 숏으로 촬영했다.
장애를 우스꽝스럽거나 절절한 슬픔으로
그려내지 않는다.

게 아니다. 사회는 소수자들에게 증명을 요구한다. 여자에게 '남자만큼' 할 수 있음을, 성소수자에게 '평범함'을, 흑인에게 '무해함'을 바란다. 그들이 말하는 디폴트, 정상성에 들기 위해 소수자들은 쓸데없는 노력을 퍼부어야 한다. 왜 항상 설명하고 증명해야 하는 쪽은 오해를 만들어내는 쪽이 아니라 오해받는 쪽일까. '정상'을 외치는 그들은 과연 자신의 편견이 불쑥 솟아오를 때마다 '스탠바이'를 외치고 있을까?

병과 글쓰기

잠깐 내 이야기를 하고 싶다. 나는 불안장애를 갖고 있다. 2010년부터 공황장애가 가끔 나타났는데, 심리학을 전공하면서도 그걸 정확히 인지하지 못했다. 그냥 다른 사람들과 함께하는 자리에 있을 때면 머리가 하얘지고 얼굴이 빨개지며 눈앞이 캄캄해지는 경우가 있다고 여겼을 뿐이다. 그러다 2017년, 내게 우울증이 생긴 것 같아 처음으로 정신의학과에 방문했고, 그때 불안과 우울 증상 모두 심각한 수준임을 알게 됐다. 꾸준한 치료가 필요하다는 진단을 받았으나, 병원에는 더 이상 가지 않았다. 당시 나약한 사람이 됐다는 나름의 판단을 내리며 '약물이나 치료가 아닌 내 힘으로 이겨내보겠다'고 결심했던 것이다. 다행히 그 무렵 맞물렸던 상황이 해결되고 시간이 흐르면서 우울증은 나아졌다. 그러나 2020년 중반, 사라진 줄 알았던 공황장애가 다시 찾아왔다. 그때도 병원에 가서 진료받았지만 두 번이 끝이었다. 약 몇 알을 먹자 좋아지는 듯해서 귀찮은 마음을 이기지 못했다.

2020년 말, 새로운 시나리오를 준비하면서 결국 불안장애가 극에 달했다. 불안함에 벌벌 떠느라 계획만큼 일이 진행되지 않았고, 이는 자책으로 이어졌다. 시나리오가 꼬리에 꼬리를 물어야 하는데 불안이 꼬리에 꼬리를 무는 상황이었다. 심지어 글을 읽는 게 어려웠다. 글자들이 얼음판인 것처럼 눈에서 자꾸만 미끄러졌다. '불안장애가 있는 내가 과연 글을 쓸 수 있을까?' 하는 질문이 머릿속을 가득 채우자 그와 연관된 새로운 불안이 얼굴을 내밀었다. '불안장애', '작가' 같은 단어를 검색해보기도 했다. 어떤 내용을 읽었는지 지금은 기억도 나지 않는다. 만약 그때 내가 〈스탠바이, 웬디〉를 다시 한번 봤더라면 어땠을까 하는 아쉬움이 이제야 들 뿐이다.

2022년 6월부터 나는 마음을 다잡고 미루고 미루던 정신과 치료를 받고 있다. 그리고 2018년에 만났던 〈스탠바이, 웬디〉에 대해 이야기하고 싶어졌다. 〈스탠바이, 웬디〉의 원제는 'Please Stand By'다. 자신의 병을 다스리고자 하는 웬디의 바람과 노력, 갈망이 그대로 담긴 제목이다. 한국어 제목은 이와 사뭇 다른 느낌을 준다. 처음에는 '스탠바이 해, 웬디야'라고 자신에게 말하는 원제의 느낌과 비슷하다고 여겼는데, 여러 번 들여다보니 다르게 해석해보게 된다. '스탠바이가 된 웬디', 모든 준비를 마치고 이제 숏만 들어가면 되는 상태의 웬디가 그려진다.

나는 불안이 극심해질 때면 나 자신을 '스탠바이'가 되지 않은 상태라고 여겼다. 아무것도 할 수 없다고 단정 지었고, 이는 불안과 자책을 불러일으켰다. 그런데 '스탠바이' 상태는 무엇일까. 지병이 없으며 모니터 앞에 앉아 글을 쓰려고 할 때 머리가 맑아지는 '건강'한 상태를 의미하는 걸까? 그렇게 나는 '스탠바이'를 신체적·정신적 '건강'과 연결해 생각했던 것 같다.

《아파도 미안하지 않습니다》를 읽으며 건강한 상태를 정상으로 상정하고, 건강하지 않은 상태를 비정상으로 규정 짓는 건강 중심주의 현상에 대해 알게 되었다. 사실 진짜 건강한 사람이 몇이나 될까. '건강하다'고 말할 수 있는 사람이 얼마나 될까. 온몸에 혈액이 깨끗하고, 장기는 탱탱하고, 정신은 맑고, '정상적인', 스탠바이 된 사람이 존재하기는 할까. 글 서두에서 던진 질문에 독자들은 몇 분이나 자신감 있게 끄덕였을까. 정상은 없다. 그러니 비정상도 없다. 완벽한 스탠바이는 허상에 불구하다. 사회를 둘러싼 수많은 비정상이라는 카테고리는 아직 우리 사회가 스탠바이되지 않았음을 증명할 뿐이다.

어린이만 없는 집

〈우리집〉(윤가은, 2019), 〈나만 없는 집〉(김현정, 2017)

가족 구성원으로서의 어린이

어린 시절 나는 착한 아이였다. 떼 한 번 쓴 적 없었고 학습지 한 번 밀린 적 없었다. 조부모님의 귀여움을 독차지했으며 공부도 제법 잘했다. 하지만 내가 과연 우리 가족의 '가족 구성원'으로서 충분한 역할을 했는지 반추해보면 고개를 가로젓게 된다. 난 그냥 귀염둥이 막내였을 뿐 집안일에 참여하지는 않았다. 아니 못했다. 가족 내 의사결정 과정에서는 항상 빠져 있었는데 그게 자연스러웠다. 어린이니까.

윤가은 감독의 〈우리집〉의 주인공 하나(김나연)는 '가족 구성원'으로서 역할을 해내기 위해 계속 문을 두드린다. 반찬을 만들고 식사를 차리는 가사노동에 참여하며 자신이 할 수 있는 몫을 해보려고 한다. 하지만 가족들은 하나의 노력을 쓸데없는 짓으로 치부한다. '네가 부엌일을 왜 해'라며 어린이가 집안일에 참여하는 것을 이해하지 못한다. 가족이니까 가족의 일을 함께하겠다는 것인데 어린이는 때때로 그렇게 가족에서 배제된다. 이는 사회가 어린이와 청소년을 배제하는 방식과 똑 닮아 있다. 귀엽거나 공부에 집중해야 하는 존재로 인식하고 그 외의 모습은 지운다. '카페에 있는 어린이'는 '노키즈존'으로, '감성적인 청소년'은 '중2병'으로 박제된 현실.

그럼에도 하나는 굴하지 않고 집안일에 참여한다. 가사노동뿐 아니라 집에서 일어나는 문제를 해결하기 위해 자신만의 해결 방법을 찾고 가족들을 설득한다. 부모님이 다투자 바다로 떠났던 가족여행에서 찍은 사진을 바라보며, 당시 여행이 관계를 회복하는 데 도움이 됐음을 떠올린다. 그리고 먼저 엄마에게 가족여행을 가자고 제안한다. 돌아오는 엄마의 답은 바쁜데 무슨 여행 타령이냐는 타박이다. 그 와중에 술에 취한 아빠가 하나의 제안에 맞장구치며 지금 당장 떠나자고 장난을 치자 그 모습이 마음에 들지 않은 엄마는 결국 아빠와 언쟁하는 것으로 이어지고 만다. 가족들은 하나의 제안을 단순한 어린이의 조름이나 생떼로 여긴다.

이제 하나는 오빠도 이 프로젝트에 참여시킨다. 들은 체도 안 했던 오빠는 결국 하나에게 책잡혀 어쩔 수 없이 합류하고, 아빠에게 가족여행에 앞서 답사를 해야 한다는 제안까

영화사 아토 제공

〈우리집〉의 주인공 하나는 '가족 구성원'으로서
역할을 해내기 위해 계속 문을 두드린다.

지 한다. 그러나 여전히 부모님은 움직이지 않는다.

그러는 중에 하나는 동네에서 자매 유미(김시아)와 유진(주예림)을 만난다. 유미와 유진의 가족에게도 그들만의 문제가 있다. 하나 가족에게 부모님의 불화가 과제라면, 유미와 유진 가족에게는 잦은 이사가 골칫거리다. 어느 날 유미와 유진은 부모님도 아닌 집주인에게 이사를 '통보'받는다. 어른들끼리 이미 이야기가 끝난 상황. 이렇듯 가족 일에서 어린이는 배제된 채 통보받는 식이다. 어린이들의 의사는 신혼부부 차에 달린 깡통처럼 어른들이 달리는 대로 덜그럭거리며 쫓아가야만 한다.

유미와 유진은 이사 통보를 받아들일 수 없다. 이에 하나와 함께 자신들만의 방법으로 이사를 막는다. 집주인 아주머니에게 잘 보이기 위해 건물 앞을 정리한다. 반면 방을 보러 온 이들 앞에서는 그곳의 불평불만을 털어놓거나, 짐을 너저분하게 늘어놓는다. 그리고 셋은 함께 상자, 계란판 등으로 종이 집을 만들기 시작한다. 과연 그 종이 집에서는 어린이들이 가족 구성원으로 인정받으며 집안일과 의사결정에 참여하는 게 자연스러워질 수 있을까.

하나가 동네 골목에서 처음으로 유미와 유진을 마주했을 때 그들은 부모님, 삼촌과 함께 어딘가로 놀러가는 중이었다. 그들의 그 뒷모습은 다투는 부모 사이에서 밥을 먹자고 말을 꺼내는 하나의 경우와 비교된다. 그러나 하나가 본 것이

'뒷모습'임을 기억하자. 영화가 진행되는 동안 유미와 유진네 어른은 단 한 번도 등장하지 않는다. 오직 사진으로 얼굴을 내밀 뿐이다. 이렇게 영화는 어른을 부재시킴으로써 역설적으로 그들이 어린이를 방치하고 있음을 드러낸다.

가족은 인간이 태어나 가장 처음 만나는 사회다. 가족 내 의사결정 과정에서부터 배제당한다면 그 어린이는 소외를 당연시하고 더 나아가 누군가를 쉽게 소외시킬 수도 있지 않을까? 어린이가 원하는 '참여와 존중'은 어린이날이나 크리스마스에만 경험하는 이벤트가 아닐 것이다. 영화에는 하나, 유미, 유진이 이사 가야 하는 상황을 막기 위해 직접 부모님을 만나러 떠나는 장면이 있다. 이 여정은 가족 구성원으로 인정받기 위함이었겠지만 결국 그들은 분열하며 종이집을 발로 밟는 데 이른다.

배는 고프고 날은 어두워지는 그때, 그들은 운 좋게 빈 텐트와 음식을 얻는다. 그리고 텐트에 몸을 누이고는 이야기를 나눈다. '여기 진짜 좋다. 언니, 우리 여기서 살까. 근데 우리 뭐 먹고 살아. 언니가 요리해줄게.' 그렇게 어린이 셋은 모두 의사결정에 참여하고 가족 구성원으로 함께할 미래를 꿈꾼다. 그러나 무엇을 먹고살아야 하는가는 정말 큰 과제다. 어린이에게 어른이 필요하고 보살핌이 필요한 이유도 여기에 있다. 그렇다고 그 보살핌의 담보로 의사결정권이 잡혀서는 안 된다.

어린이의 고독

가정 안에서 어린이는 알게 모르게 소외받고 그로 인해 고독을 느낀다. 어른은 어린이가 느끼는 이 감정을 단순히 '덜 놀아줘서' 생기는 것이라고 흔히 치부한다. 어린이와 의사결정, 어린이와 가족 구성원으로서의 역할, 어린이와 고독처럼 어린이와 그 뒤에 붙는 단어는 서로 양립하지 못한다.

김현정 감독의 〈나만 없는 집〉의 주인공 세영(김민서)은 고독하다. 세영은 많은 시간을, 홀로 집에서 보낸다. 혼자 밥을 먹고 텔레비전을 보다가 지루해지면 언니의 책상을 건드린다. 세영이만 '있는' 집인데 제목은 아이러니하게도 '나만 없는 집'이다.

감독은 어린이의, 세영의 고독을 맞벌이 부부의 문제나 현대사회의 문제로 돌리지 않는다. 대신 오롯이 어린이의 고독에 집중한다. 그래서 우리는 '엄마, 아빠도 바쁠 텐데' 하며 불가피한 맞벌이 사회를 연민하는 대신 저마다의 어린 시절에 겪은 고독을 떠올리게 된다. 어린 시절 나 역시 집에 혼자 있는 시간이 길었다. 어떤 날은 드라이버로 온 집안의 나사를 풀다 조이기를 반복한 적도 있다. 건전지를 옆집에 던지는 이상한 행동을 한 기억도 있다. 돌아보면 외로웠기 때문에 그랬던 것 같다.

세영은 걸스카우트 신청에 관한 가정통신문을 받는다.

처음에는 딱히 관심이 가지 않았지만 친구들이 한다고 하자 세영도 하겠다고 한다. 세영은 걸스카우트가 되고 싶었던 걸까, 어떠한 소속감을 원했던 걸까. 그러나 세영의 부모님은 허락해주지 않는다. 심지어 세영의 언니는 걸스카우트로 활동 중인데 말이다. 결국 세영은 언니의 단복을 훔쳐 입고 입단식에 참여한다. 단원들과 손을 잡고 빙빙 도는 장면은 영화에서 세영이 웃는 유일한 신이다.

〈우리집〉과 〈나만 없는 집〉에는 두 가지 공통점이 있다. 먼저 주인공의 오빠와 언니가 나온다. 오빠와 언니는 연애를 시작하며 어린이와 선을 긋기도 하지만 〈우리집〉의 오빠도 가족 내 의사결정에서 배제되고 결과를 통보받는 건 마찬가지다. 또 다른 공통점은 어린이를 하이 앵글로, 부감으로 잡아 그들을 작거나 귀여운 존재로 담지 않는다는 점이다. 두 영화 속 카메라는 꿋꿋이 아이레벨로 가족 구성원이 되기 위한 아이들의 고군분투를, 아이의 질긴 고독을 응시한다.

〈우리집〉에서는 가족 문제를 해결하기 위한 방안으로 식사가 등장한다. 하나는 가족들을 위해 끊임없이 요리하지만 아무도 함께 먹어주지 않는다. 반대로 〈나만 없는 집〉에서 식사는 고독을 상징한다. 세영은 홀로 반찬 뚜껑을 열어 밥을 먹는다. 엄마와 언니가 함께 등장하는 첫 장면에서도 그들은 식사하는 세영을 단 한 번도 제대로 쳐다보지 않는다. 마지막 장면에서 언니가 세영에게 비빔면 두 개를 사오라고 시키지

김현정 제공

〈나만 없는 집〉에서 식사는 고독을 상징한다.
세영은 홀로 반찬 뚜껑을 열어 밥을 먹는다.
엄마와 언니가 함께 등장하는 첫 장면에서도 그들은
식사하는 세영을 단 한번도 제대로 쳐다보지 않는다.

만, 세영은 또다시 홀로 식탁에 앉을 뿐이다. 그렇게 우리 집은 '우리집'이 될 수 없었다. '우리'와 '집' 사이에 있는 먼 띄어쓰기. 여기서 '우리'는 어린이를 뜻하는 게 아닐까.

집에는, 세계에는 어린이가 있다

2003년생 그레타 툰베리는 스웨덴의 환경운동가로 세계의 기후위기에 경각심을 울리고 있다. 2018년 그는 등교를 거부하고 스웨덴 국회의사당 앞에서 기후위기 대책 마련을 촉구하는 1인 시위를 시작했다. 그리고 그 덕분에 세상은 조금씩 움직였다. 먼저 전 세계가 동맹휴학 운동에 참여했다. 이 시위는 '미래를 위한 금요일'이란 이름으로 지속됐다. 2019년에는 《타임》 선정 가장 영향력 있는 인물로 선정되었으며 노벨평화상 후보로 거론되기도 했다.

이 세계에는, 이 사회에는 어린이가 있다. 생각하고 결정하고 주장하고 판단하며 변화를 이끌어내는 어린이가 있다. 인형을 갖고 논다고 인형이 되는 것은 아니다. 어린이만 없는 세계는 돌아볼 필요가 있다. 그리고 잊어서는 안 된다. 그때의 고귀한 능력과 외면받았던 고독을. 그것이 어른의 책임이자 역할이다.

늑대는 나타날 것이다

〈사느냐 죽느냐〉(에른스트 루비치, 1942)

예술은 애도의 반대말이 아니다

2022년 10월 비극적인 참사가 벌어졌다. 할로윈을 즐기러 이태원에 갔던 150여 명이 안전관리의 부재하에 목숨을 잃었다. 정부는 국가 애도 기간을 선포하고 각종 행사와 공연의 취소를 권고했다.

사건 다음 날인 10월 30일에 나는 공연이 예정되어 있었다. 공연장에 연락을 취해 상황을 묻자 공연은 예정대로 진행하되 애프터파티는 취소하고 안전에 만전을 기하겠다는 답을 들었다. 한편으로는 다행이다 싶으면서도 다른 한편으로는 마음이 무거웠다. 어떻게 공연을 진행해야 할지 막막했다. 노래를 부를 수 있을까. 참담함을 이긴 채 한 시간 남짓의 공연을 잘 이끌 수 있을까. 게다가 그 공연은 공연장의 10주년을 기념하는 축하 자리이기도 했다. 답 없는 물음이 머릿속을 맴돌았다. 결국 공연을 올리며 관객들에게 묵념을 제안했다. 정부와 사회가 생각하는 것처럼 공연은, 예술은 단순한 유흥거리가 아니다. 공연하면서도 애도할 수 있으며, 슬픔을 나눌 수 있고 그 이후의 저항까지 함께할 수 있다.

돌이켜 보면 세월호 참사 이후에도 비슷했다. 각종 공연과 행사가 취소되자 자연스레 돈벌이가 줄었다. 내 주변 동료들도 상황은 비슷했다. 생계를 지속하기 위해서는 공연을 올려야 한다고 목소리를 내고 싶었지만 이러한 발언이 슬픔에 반하는 일이라 여겨 섣불리 꺼내기 어려웠다. 그런데 이태원 참사 이후 조금씩 변화가 생겼다. 공연을 계속하겠다는 목소리를 내는 동료들이 있었고, 나도 그렇게 하겠다고 다짐했다. 공연과 애도는 반대항이 아님을 증명해 보이고 싶었다.

예술은 각종 정치적인 이슈와 거리가 멀어야 한다고 생각하는 이들이 있다. 그들은 '순수예술'이라는 이름을 오용해 예술을 검열하고 탄압한다. 그리고 마침내 삶에서 분리시킨다. 삶에서 멀어진 예술은 어디에 존재할 수 있을까. 삶보다 중요한 영화는 없다는 말을 들은 적이 있다. 삶 없는 예술도 없으며 정치 없는 삶도 없다. 정치와 예술은 떼려야 뗄 수 없는 존재다.

에른스트 루비치 감독의 코미디 영화 〈사느냐 죽느냐〉

에 등장하는 폴란드 극단은 히틀러와 게슈타포를 풍자하는 연극을 올리려고 준비하지만 히틀러의 기분을 상하게 할 수 있다는 이유로 결국 내려지고 만다. 대신 〈햄릿〉을 올린다.

햄릿 역을 맡은 배우 조슈아 튜라는 유명 배우 마리아 튜라와 부부다. 극이 지속되면서 마리아에게 계속 꽃을 보내는 어린 비행사와 마리아의 은밀한 소통도 이어진다. 마리아는 햄릿이 "사느냐 죽느냐"를 외치면 자신의 드레스룸으로 와달라는 메시지를 비행사에게 전한다. 조슈아가 무대에 등장해 대사를 뱉는다. "사느냐 죽느냐." 가장 중요한 대사가 나오는 타이밍에 비행사는 자리를 뜨고 나가버린다. 관객석은 소란스러워지고, 조슈아는 자신의 연기가 형편없어 이런 일이 벌어진 거라고 여기며 충격받는 사이 마리아와 비행사는 밀회를 나눈다.

검열로 시작된 〈햄릿〉은 오해를 낳는다. 그리고 끝내 히틀러가 폴란드까지 쳐들어온다. 전쟁에 휩싸인 도시에서 연극은 사라지고 배우들은 설 자리를 잃는다. 하지만 끝내 폴란드를 구하는 것은 배우들이다. 배우들은 풍자극 속 연극을 실제로 옮긴다. 독일 군복을 입고 위장해 스파이를 잡기도 하고 게슈타포 속에 갇힌 위기를 벗어나기도 한다. 각자 자신이 맡았던 역할을 완벽하게 연기하며 활약한다. 히틀러 분장을 한 조단역 배우가 등장하자 한 게슈타포 측 장군은 자신이 실수한 모습을 '진짜' 히틀러가 봤다고 여겨 너무 놀란 나머지 자살하기도 한다. 이 모든 것이 촘촘한 시나리오와 코미디 아래 진행된다.

영화에서 극단은 자신이 해오던 연극과 예술로 폴란드를 구한다. 예술이 정치에 적극적으로 개입해 얻어낸 결과다. 예술을 단순하고 정치와 분리된 유흥으로 여기는 사회에 한 방을 먹이는 작품이다. 그러는 중에도 루비치는 코미디를 잃지 않는다.

늑대가 안 나타났다

최근 뮤지션 이랑이 당한 부마항쟁기념식 검열 사건이 세간에 드러나자 이랑은 트위터에 이렇게 남겼다. "늑대가 안 나타났다." 이랑은 본래 행사에서 〈늑대가 나타났다〉를 부를 예정이었으나 행정안전부 측은 좀 더 밝고 미래지향적인 노래를 원한다는 뜻을 밝혔을 뿐 아니라, 부마민주항쟁기념재단에 그대로 시행할 시 단체 존립에 문제가 생길 수 있다는 메시지까지 보냈다고 한다. 그러나 역설적으로 〈늑대가 나타났다〉는 21세기의 혁명가(歌)로 다분히 미래지향적이다.

이 사태는 히틀러의 기분이 상할까봐 풍자극을 내리던 영화 속 폴란드의 풍경과 다를 바 없다. 어쩌면 그들은 예술의 힘을 알기에 검열했는지도 모르겠다. 이랑의 곡이 울려 퍼지는 것이 그리도 두려웠을까. 나약한 행정안전부의 결정을 두고 이랑과 기념식 총 연출을 맡았던 강상우 감독은 법적 대응을 준비 중이다.

예술에 검열이 있어서는 안 된다. 심지어 행정안전부는 버젓이 행해놓고도 검열하지 않았다며 변명한다. 검열 이후 검열된 극을 통해 폴란드를 히틀러로부터 구해낸 극단들처럼, 이랑과 단체도 늑대가 나타났음을 어떤 방식으로든 세상에 알릴 것이다. 이들은 민중의 목소리를 대변해 검열에 급급한 정부로부터 자유를 얻어내리라 믿는다.

'연기'라는 기술

루비치의 영화 속에는 다양한 여성 캐릭터가 존재한다. 그들은 자유롭게 사랑을 나누며 영화에서 핵심 역할을 맡는다. 비록 〈사느냐 죽느냐〉에 여성 캐릭터는 마리아 단 한 명뿐이지만 마리아는 이 영화의 중심축이다. 특히 스파이 실레츠키 교수를 잡는 데 아주 큰 역할을 한다. 영화는 이것이 마리아가 배우이기 때문에 가능했음을 보여준다.

사람들은 종종 배우를, 연기를 누구나 할 수 있는 일이라 여긴다. 촬영과 조명 등의 분야에 대해서는 그렇게 여기지 않으면서 연기에서만큼은 그 경계를 느슨하게 둔다. 그러나 단순히 누군가 앞에서 거짓말을 하는 것과 수많은 사람 앞에서 진짜 어떤 배역을 맡아 연기하는 것은 다르다. 배우는 연출도 미처 생각하지 못한 캐릭터의 감정선을 만들어 연결시키기도 하고, 섬세한 움직임으로 복잡한 동선을 풀어내기도 한다.

마리아는 스파이인 실레츠키 교수 앞에서, 게슈타포 장군 앞에서 완벽한 연기를 선보인다. 그의 연기 덕에 수많은 사람이 목숨을 구한다. 연기는 단순한 시늉이 아니다. 진짜 그 인물이 되어 극에는 보이지 않는 모든 순간까지 그 인물의 서사를 이해하는 기술이다. 〈햄릿〉에서 모든 조단역 배우가 힘을 합쳐 국가를 구하는 신은 명장면이다. 항상 중요한 역할을 맡고 싶어 했던 단역 배우 그린버그가 드디어 그 꿈을 이루는 모습도 볼 수 있다.

실제 히틀러와 나치군이 모인 극장, 게슈타포 경찰들이 사방에 깔려 있다. 게슈타포로 위장한 배우들과 폴란드 측 지하조직으로 위장한 그린버그가 그곳에 침입한다. 그린버그는 게슈타포의 시선을 끌기 위해 자신의 역할에 충실한다. 그리고 그토록 원하던 강렬한 대사를 내뱉는다. "그들이 우리를 찌른다면 피를 흘리지 않겠소? 그들이 우리를 간지럽힌다면 웃지 않겠소? 만약 당신이 우리를 독살한다면 죽지 않겠소? 당신이 우리를 공격한다면 우리는 복수하지 않겠소?"

실제 게슈타포 경찰들과 위장한 배우들이 그를 끌고가자 극장은 텅 빈다. 그리고 그린버그는 위장한 배우들의 품으로 무사히 넘겨진다. 그의 꿈과 전범 국가로부터 나라를 구하는 꿈이 동시에 이뤄지는 순간이다. 예술적 욕망과 정치적 욕망이 동시에 실현됨으로써 그 둘이 완벽히 분리될 수 없음을 영화적으로 보여주는 것이다.

총보다 강한 것

배우가 연기를 한다면, 작가는 작품 전체의 시나리오를 짠다. 어떻게 스파이를 잡을지, 어떻게 스파이가 살해당한 사실을 숨길지, 이미 죽은 스파이로 다시 변장한 배우는 어떤 대사를 내뱉을지 구성한다. 각자의 자리에서 나라를 구하기 위해 정치적 예술을 하는 셈이다. 원래 그들이 하던 예술이 정치적이었기 때문에 가능한 일이다. 〈햄릿〉만 반복했더라면 그들은 나라를 구할 수 없었을 터다.

삶이라는 연극에서 작은 배역이 없듯, 삶을 연기하는 이들에게도 작은 배역은 없다. 모두 한마음으로 이 조마조마한 극을 마쳐야만 누구도 죽지 않을 수 있다. NG가 나는 순간 돌이킬 수 없는 무대처럼 삶 또한 그러하다. 총과 탱크로 무장한 게슈타포의 위협 앞에서 그들은 NG 없는 역사적 연극을 해낸다. 어쩌면 총보다 군대보다 탱크보다 강한 것은 연극, 즉 예술일지도 모른다.

1942년의 영화 〈사느냐 죽느냐〉를 통해 우리는 확인할 수 있다. 예술이 가진 힘을 우습게 여기는 자들과 이를 두려워해 검열하려는 자들은 양극에 있는 것 같지만, 사실 예술을 정치로부터 분리시키려 한다는 점에서 같다는 것을.

예술은 삶의 찌꺼기가 아니다. 본질이다. 연대 공연과 문화제가 있는 게 하나의 근거다. 나는 수차례 연대 공연을 하면서 저항이 하나의 축제임을 확인했다. 즐겁게 투쟁하며 권리를 주장할 수 있음을 깨달았다. 쫓겨난 가게에서, 떠나간 자를 애도하는 자리에서, 권리를 빼앗긴 장애인들이 모인 곳에서 기타를 치고 노래했다. 그때 비로소 내 음악의 가치를 확인할 수 있었다. 자본의 숫자 아래 독립음악은 그 쓸모에 의문을 품을 때가 허다하다. 하지만 연대 공연을 하자고 연락받고 공연 후 내려오는 그 순간, 나는 내 음악이 쓸모가 있음을 비로소 느꼈다.

예술은 계속 이어져야 한다. 슬픈 일에도 기쁜 일에도 투쟁하는 자리에도 함께해야 한다. 문학으로 저항할 수 있으며 연극으로 투쟁할 수 있다. 음악으로 분노할 수 있으며 영화로 연대할 수 있다. 예술이 가진 힘을 우습게 여기는 자들과 이를 두려워해 검열하려는 자들은 양극단에 있는 것 같지만, 사실은 예술을 정치로부터 분리시키려 한다는 점에서 같다. 1942년의 영화 〈사느냐 죽느냐〉를 통해 우리는 이미 확인했다. 검열이 얼마나 저열하며 예술의 힘이 얼마나 강한지. 80년이 지난 지금도 이 영화가 가슴에 내리꽂히는 것을 보면서 세태가 많이 달라지지 않음을 느낀다. 어떤 어둠에서든 예술은 계속 빛을 발할 것이다. 그 빛이 향하는 곳은 정치가 향해야 할 곳과 다르지 않다.

3

차별과 혐오의 앵글을 넘어

‘옥상’에서 내려올 수 있어야 한다

〈개같은 날의 오후〉(이민용, 1995)

영화 속 옥상

“옥상으로 따라와.” 싸움 실력을 갈고닦은 주인공 현수(권상우)가 그동안 학우들을 괴롭혀온 일진을 옥상으로 불러낸다. 〈말죽거리 잔혹사〉(유하, 2004)에서 옥상은 비뚤어진 남성성이 폭발하는 공간이다. 영화에서 흔히 학교 ‘옥상’은 더 이상 갈 곳 없는 공간적 특성을 살려 학교폭력의 클리셰로 많이 사용된다. 가령 ‘배트맨 시리즈’에서는 경찰청 옥상이 등장한다. 여기서 옥상은 배트맨의 구원을 요청하는 박쥐 모양의 ‘배트 시그널’을 쏘아 올리는 공간이다. 공권력의 힘으로 세상의 악을 다스릴 수 없을 때, 궁지에 몰린 도시는 남성 영웅을 호출한다.

〈밍크코트〉(신아가·이상철, 2012)에는 병원 옥상이 나온다. 친정엄마가 병상에 누워 있는 상황에서 자신만의 신앙으로 버티고 버티던 주인공은 만삭의 딸까지 위독한 상황에 처하자 병원 옥상으로 올라간다. 끓는 용암처럼 울부짖고는 하늘을 향해 무릎을 꿇고 두 손을 모은다. 인간이 손을 쓸 수 없는 생사의 갈림길에서 주인공은 배트맨을 부르듯 신을 부르는 것 같다.

옥상은 이렇듯 건물 안에서 더 이상 수가 없는 인물들이 찾아가는 공간이기도 하다. 학교 옥상은 학교폭력 문제를 해결하지 못한 학교의 실패를 보여주고, 경찰청 옥상은 악이 팽배한 세상에서 공권력의 나약함을 드러낸다. 또한 병원 옥상은 생사의 기로 앞에서 인간과 의술의 무력함을 반영한다. 그래서인지 대개 옥상은 주인공이 극한 상황에 몰렸을 때나 영화에서 사건이 절정에 이를 무렵에 등장한다.

〈개같은 날의 오후〉에서는 옥상이 메인 무대다. 학교도, 경찰청도, 병원도 아닌 '장미아파트' 옥상. 일상적 공간인 아파트 옥상으로 10명의 여성이 우당탕탕 올라온다. 궁지에 몰린 일상을 살아가는 이들이다.

옥상 위 여성들

40도를 넘는 폭염으로 각 세대가 냉방을 돌리자 장미아파트의 변압기가 터져버렸다. 집에 머물기 힘들어진 아파트 주민들은 아파트 앞마당으로 나와 수박을 쪼개 먹으며 더위를 달래본다. 그때 가정폭력에 시달리던 정희(하유미)가 아파트 밖으로 도망 나오고 남편은 그 뒤를 쫓아 구타를 이어간다. 그 장면을 보며 남성 주민들은 그러거나 말거나 시큰둥하게 반응한다. 반면 여성 주민들은 피해자를 돕고 가해자를 말리려다가 다치기도 한다. 와중에 영희 아빠가 아내의 뺨을 때리자 분노에 치민 여성들이 합심해 남성들을 패며 난장판이 벌어진다.

이내 경찰이 도착해 싸움을 말리는데, 정희를 지독히 괴롭혔던 남편이 사망했음이 밝혀진다. 경찰이 여성들을 전부 살인범으로 체포하려 하자 당황한 주민들은 우왕좌왕 아파트로 들어가버린다. 몇 명은 자신의 집으로 돌아갔지만 당황한 통에 옥상까지 올라간 아홉 명의 여성과 태연히 옥상에서 선탠을 하던 기순(이진순)까지, 총 열 명의 여성이 살인범으로 체포하겠다는 지상의 경찰들에 맞서 농성을 시작한다.

그리고 가정폭력 피해자, 트랜스젠더 여성, 호스티스 여성, 바람 피우고도 큰소리치는 남편의 아내, 결혼하지 않은 1인 가구 여성, 남편과 함께 식당을 운영하며 남편보다 두세

배 더 일하지만 자신 명의의 재산은 한 푼도 없는 여성 등을 통해 다양한 차별 양상이 상징적으로 드러난다.

이들의 연대는 처음부터 갈등을 겪으며 쉽지 않게 흘러간다. 영희 아빠와 바람을 피우는 1인 가구 여성 기순과 영희 엄마의 마찰이 그 첫 번째다. 기순의 이야기를 들어보면, 이는 에어컨 수리기사인 영희 아빠가 기순을 강간한 것에서 시작된 관계다. 그럼에도 영희 엄마는 기순을 계속 미워한다.

두 번째 갈등은 방송기자가 가정폭력 피해자 정희에게 휴대전화 인터뷰를 요청했을 때 벌어진다. 여전히 피해의 충격에서 벗어나지 못한 정희가 대답을 제대로 하지 못한 채 휴대폰 배터리가 떨어지자 몇몇의 여성이 정희를 질책한 것이다. 게다가 옥상 아래 경찰들도 갈등을 조장한다. 가정폭력 피해자 정희에게 남편이 사망한 사실을 알리며 남편을 죽인 살인범들과 함께 있는 기분이 어떤지 묻고, 호적 정정 전인 트랜스여성을 남성으로 지칭하며 내려오라고 하는 등 치졸한 방법을 쓴다. 트랜스여성 유미(김알음)의 호적과 관련해 옥상 위 여성들은 또다시 큰 갈등을 겪는다. 유미를 여성이 아닌 '게이'로 지칭하는 이가 있는가 하면, 부녀회장은 유미가 자신을 밤무대 가수로 소개할 때부터 꺼림칙했다며 비난한다. 그 말을 들은 술집 호스티스 윤희(정선경)는 왜 사람을 직업을 기준으로 천대하냐며 분개하고 옥상은 또 한번 난장판이 된다. 하지만 이내 정희와 또 다른 가정폭력 피해자인 경숙(손숙)이 '우리끼리 이러는 걸 바라는 사람들은 저 아래 남자들일 거예요' 하고 말리면서 점차 진정된다.

옥상은 지상보다 태양과 더 가깝다. 더 뜨겁고 따가운 곳에 있는 사람들의 불쾌지수는 지상에 비할 수 없다. 그럼에도 이들은 끝까지 연대한다. 시작은 어설펐지만, 과정은 험난했지만, 결국에는 카메라로 열 명의 여성이 모두 들어온다.

〈델마와 루이스〉에 에필로그가 있다면

영화에는 총 세 번의 밤과 그에 따른 세 번의 아침이 나온다. 농성 첫날 밤, 옥상 사람들은 각자 자신을 소개한다. 다음 날 아침, 남성들은 여성의 부재로 인한 어려움을 겪는다. 양말이 어디 있냐며 옥상에 대고 소리치기도 하고, 식당에서 조리하며 배달까지 하던 아내가 사라지자 남편은 속수무책이다.

이튿날 밤, 옥상 아래 여성들이 암벽등반 기술과 로프를 이용해 옥상으로 음식을 전달한다. 쫄쫄 굶던 옥상 여성들은 허겁지겁 빵을 먹으며 자신이 겪었던 차별과 혐오를 조금 더 폭로한다. 회사들이 160cm 이상, 50kg 이하인 여성만 뽑는다며, 지원했던 곳에서 전부 탈락한 일을 비롯해 정희와 비슷한 폭력을 당했던 일을 나눈다. 그리고 셋째 날 밤에는 유미의 생일 파티가 열린다.

영화에는 다양한 혐오와 차별, 그리고 권리에 관한 이야기가 폭포처럼 쏟아진다. 국회의원 여성 할당제, 트랜스젠더 성별 정정 권리, 비혼 여성에 대한 차별, 가정폭력, 성노동 여성에 대한 혐오, 그리고 대체로 아내 명의로 재산을 주지 않던 당대의 가부장적 문화 등. 영화 속 스쳐 지나가는 작은 대사 하나하나가 전부 주옥같다.

게다가 필름의 쨍한 색감과 거친 카메라 워크 덕분에 영화를 보는 내내 생동감 넘치는 자료화면을 접하는 것 같다. 소설에 통계자료와 서사를 적절히 섞은 조남주 작가의 《82년생 김지영》(민음사, 2016)이 떠오른다. 하지만 영화와 문학은 다르다. 실제 사람이 등장해 연기하고, 그것이 그대로 카메라에 담기는 영화는 그만의 윤리를 지켜야 한다. 그런 점에서 영화 초중반에 나오는 불필요한 노출신과 베드신, 그리고 트랜스여성인 유미를 배제하는 장면에서 등장하는 과한 폭력신은 이 영화가 지향하는 바에 걸맞지 않는 방식이자 실패한 신이라고 생각한다.

처음에는 어설프고 혐오가 오가던 옥상이 경찰과 대치하는 시간이 길어질수록 단단해지는 방식으로 변모한다. 이 농성은 옥상에 올라간 자들의 이득만을 취하지 않는다. 옥상 아래에서 안전히 사는 데 목적이 있는 이 운동에 옥상 아래의 여성들이 가사노동을 중단하고 지지와 응원을 보내며 동조

하는 모습이 이를 증명한다. 옥상이라는 가장 뜨거운 곳에서 여성들은 그렇게 세상을 바꿔갔던 것이다.

그리고 나흘째 아침, 강경진압이 이뤄지고 그 뜨겁던 여름에 드디어 비가 내린다. 옥상의 여성들은 단비를 반기고, 옥상 아래 아파트 광장으로 수많은 여성이 그간의 성차별을 폭로하는 내용을 담은 피켓을 들고 모여든다.

이 영화의 엔딩은 사회에서 내몰린 두 여성이 경찰들에게 포위당하자 차를 타고 절벽으로 질주하는, 그리고 그 허공에서 장면이 멈추는 〈델마와 루이스〉(리들리 스콧, 1991)의 엔딩을 연상케 한다. 〈델마와 루이스〉의 엔딩이 극한의 상황에서 택한 최선의 자유라면, 〈개같은 날의 오후〉의 엔딩은 〈델마와 루이스〉의 에필로그 격이다. 인물들은 델마와 루이스처럼 허공으로 점프를 하지만 옥상 아래 경찰들이 깔아놓은 매트리스 위로 안착한다. 그렇게 진압대원들에 의해 끌려가지 않고 자신들의 방법으로 지상에 내려온 뒤, 제 발로 경찰버스에 올라 탄다. 이 과정에서 윤희는 시종일관 아래에서 꼴사납게 굴던 기동 대장에게 악수를 청하기도 한다. 영화에서 항상 대상화되던 직업을 가진 여성이 줄곧 주인공을 맡아오던 직업을 가진 남성에게 건넨 이 악수는 구조를 전복시키는 쾌감을 전해준다.

〈개같은 날의 오후〉는 옥상을 메인 무대로 궁지에 몰린
일상을 살아가는 여성들의 이야기를 펼쳐낸다.

주인공이 없는, 아니 많은 영화

〈개같은 날의 오후〉에는 주인공이 없다. 아니 아주 많다. 다른 영화에는 흔한 원 숏, 투 숏이 나오긴 하지만 한 인물이 겪은 차별 경험에 주목할 때나, 서로 입장이 갈릴 때 사용할 뿐 대개는 영화에서 보기 드문 군중 숏이 쓰인다. 일고여덟 명씩 한 앵글에 잡히는 경우가 허다하고 열 명이 한번에 잡히는 장면도 있다. 마치 관객을 두고 인물들이 빙 둘러앉은 듯한, 군중 속에 관객을 위치시키는 효과다. 더운 여름, 옥상에서 농성 중인 역할을 맡은 배우들은 화장보다는 땀 분장으로 범벅이 되어 있는 데다 그들을 한꺼번에 담는 카메라 때문에 영화를 보는 내내 땀냄새가 화면 밖으로 새어나오는 것 같다는 착각이 들기도 했다. 영화는 그렇게 관객을 옥상에 자연스럽게 합류시킨다.

옥상 아래를 다루던 영화 초반부에는 인물들이 각기 자신의 아파트에 머무는 모습으로 교차 편집되지만, 변압기가 터진 순간부터 이들은 앵글 안으로 모인다. 영화는 특정 한 명의 서사보다 여성, 소수자, 약자, 성차별이라는 공통 분모에 집중한다. 또한 영화가 주목하는 것은 옥상만이 아니다. 옥상에 올라간 여성의 자녀와 반려견을 대신 돌봐주며 응원하는 주민, 식량을 건네준 여성 특수부대원, 지지와 연대를 보낸 여성단체들, 마지막에 다 함께 피켓을 들고 나타난 수많은 여성까지. 영화는 다양한 투쟁과 연대의 방식을 조명한다. 그리고 그 방식에는 혐오와 배제가 없다. 옥상에 올라올 수 있는 '자격 요건' 같은 것은 없다. "이 옥상에 깨끗하고 잘난 여자들만 있어야 한다는 법 있어?" 윤희의 이 대사처럼 외롭고 소외된 자라면 누구나 올라올 수 있다. 또한 누구나 반드시 안전하게 내려갈 수 있어야 한다.

정반대에 놓인 것 같은 약자성과 혐오는 서로 닮은 특성이 있다. 바로 교차한다는 점이다. 약자성, 소수자성 중 하나만 지지하거나 혐오하는 사람은 드물다. 내가 어떤 약자성을 혐오한다고 할 때 그것이 내가 가진 약자성에 가닿지 않으리란 법은 없다. 그러니 배제하는 방식의 페미니즘은 이름표만 빌려온 혐오다. 아무리 폭염이 내리쬐는 불쾌한 옥상에 있더라도 우리는 정확히 인지해야 한다. 우리를 이곳에 올려놓은 존재는 바로 지상의 시스템임을.

영화는 열 명의 여성이 경찰서 이송 버스에 타는 모습으로 끝난다. 그때 그들은 웃지도, 울지도, 허망해하지도, 통쾌해하지도 않는다. 그들의 모습이 사진처럼 멈추고 크레딧이 올라간다. 시나리오 작가는 엔딩에 무엇을 적었을까. 10여 년 전, 서점에서 사왔던 〈개같은 날의 오후〉 시나리오를 펼쳤다. 영화는 아래 두 줄로 끝났다.

"버스에 2열로 앉은 열 명의 여인들. 그 편안하고 자신감 넘치는 표정들이 화면을 가득 메우면서."

윤리의 코르셋에서 벗어난 '이상한' 여성들

〈더 브론즈〉(브라이언 버클리, 2015)

'실패한 재야의 고수'는 사랑받는다

영화에서 의사, 경찰, 형사 등과 같은 역할은 남성 배우에게 더 많이 주어진다. 비단 사회적으로 인정받으며 긍정적이고 옳은 일을 하는 캐릭터의 경우만 해당되지 않는다. 알콜중독자, 마약중독자, 조직폭력배, 살인마 등도 그러하다. 여성은 '여성' 그 자체로 미디어에 등장하기 일쑤며 간혹 위 역할을 맡더라도 유일한 여성 의사이거나 유일한 여자 살인마와 같이 '여성'이라는 꼬리표가 늘 따라붙는다. 디폴트가 '남성'이기 때문이다.

남성들이 전유하는 캐릭터는 이뿐만이 아니다. 오늘 주목할 캐릭터는 바로 '실패한 재야의 고수'다. 백윤식 배우가 자주 맡는 역할이다. 그는 〈싸움의 기술〉(신한솔, 2005)에서 은둔하고 있는 싸움의 고수, 〈천하장사 마돈나〉(이해영·이해준, 2006)에서 의욕 없는 씨름부 코치 역할로 등장했다. 이 캐릭터들에는 공통점이 있다. 첫째, 한때 잘 나갔다는 것이고, 둘째, 지금은 의욕이 없다는 것이다. 이 캐릭터들의 클리셰는 종종 형사물에도 적용된다. 〈추격자〉(나홍진, 2008)의 김윤석 배우가 맡은 역할, 〈지구를 지켜라〉(장준환, 2003)에서 이재용 배우가 맡은 역할이 그러했다. 한때는 믿음직한 형사였지만 불미스러운 일로 좌천된 경우. 하지만 이들은 어설프지만 열정적인 초짜 주인공이나 사건과의 만남을 계기로 다시 열정을 불태운다. 예전의 카리스마가 되살아난다.

관객은 이러한 인물을 마주할 때 그들이 다시 예전의 경험과 재능을 되살려 사건을 해결하기를 간곡히 바란다. 영화 속에서 자주 등장하는 뻔한 캐릭터지만 그만큼 오래 사랑받는 데는 이유가 있다. 아마 누구나 살면서 실패를 겪지만 잘 극복해서 이겨내고 싶다는 마음이 반영됐기 때문이 아닐까 싶다. 이 캐릭터는 그 마음을 건드리고 불씨를 지핀다. 캐릭터가 끝내 예전의 그 카리스마를 되찾을 때 관객은 이들을 더 사랑할 수밖에 없을 것이다.

동메달 출신 호프 앤 그레고리

그렇다면 이런 역할을 맡은 여성 캐릭터도 있을까? 바로 〈더 브론즈〉의 호프 앤 그레고리(멜리사 로치)가 그러하다. 호프는 제목에서 짐작할 수 있듯이 체조 동메달 선수다. 아니 동메달 선수 '출신'이다. 부상당해 지금은 백수에 가깝다. 심지어 아버지 돈을 훔쳐 근근이 살아간다. 호프는 태어난 지 5개월 반 만에 엄마를 잃었고 다정한 아버지와 함께 평생을 살아왔다. 그러다 부상 이후 항상 화가 나 있는 호프는 아버지에게도 화를 내고 욕을 일삼는다.

영화는 어린 시절 호프를 담은 홈비디오로 시작한다. 영상에는 호프와 아버지가 등장한다. 아버지는 어린 시절부터 호프의 재능을 알아채 체조를 시켰고 호프는 그걸 곧잘 따라왔다. 그런데 계속 보다 보면 의문이 든다. 누가 호프와 아버지를 촬영했을까? 이 의문 덕분에 관객은 홈비디오를 시청한다기보다 호프의 어린 시절을 바로 눈앞에서 보는 것처럼 느낀다. 다시 말해 호프와 아버지의 모습을 찍을 수 있고, 볼 수 있는 이는 관객뿐인 것이다. 이렇게 영화는 이 '비호감' 캐릭터에 관객이 친밀하게 느낄 수 있는 장치를 마련하고 시작한다.

영상 속 호프가 점점 자라고 화면은 텔레비전 화면으로 바뀐다. 올림픽 체조 부문 중계 장면이 보인다. 호프는 경기

중 부상을 당하는 데도 마지막 종목까지 강행한다. 이로 인해 다시는 체조를 하지 못하는 삶을 살게 되지만, 호프는 미국의 영웅으로 자리 잡았다. 이어지는 다음 컷은 이 텔레비전 영상을 보고 있는 현재의 호프다. 호프는 영상을 보며 동메달을 목에 건 채 자위를 하는 중이다. 자신의 한창때를 보며 자위하는 여성 캐릭터로 시작하는 영화라니. 시작부터 낯설고 새롭다. 자위를 마친 호프는 트로피로 마약으로 추정되는 알약을 빻는다. 이를 코로도 흡입하며 아침 메뉴를 묻는 아버지에게 험상궂은 표정으로 소리를 지른다.

호프는 자신이 자라온 동네에서 살고 있다. '동메달 출신 호프 앤 그레고리'의 고향이라는 팻말이 붙어 있는 곳, 호프에게 공짜로 피자를 내어주는 곳. 심지어 공짜로 마약을 주기까지 하는 이 동네에서 호프는 항상 유니폼을 입고 당시의 앞머리를 고수하며 살아간다. 그렇게 과거에 머문 채로. 한 발짝도 나아가지 못하고 과거의 영광에 박혀 있는 채로. 그러던 중 호프의 코치가 자살로 생을 마감하며 호프에게 유서를 남긴다. 거기에는 자신이 코칭하던 제자를 맡아준다면 50만 달러를 물려주겠다는 파격 제안이 써 있다. 때마침 아버지도 더 이상 용돈을 주지 않겠다고 선언했고, 돈통도 자물쇠로 묶인 상황. 호프는 코치의 제안을 받아들인다.

우리에겐 이상한 여성 캐릭터가 필요하다

호프에게는 인상적인 성향이 하나 있다. 바로 음담패설과 욕을 입에 살고 산다는 점이다. 〈박화영〉(이환, 2017)의 '박화영'(김가희)처럼 호프는 입이 걸걸하다. 박화영은 불량 청소년으로, 집을 나와 자신만의 공간에서 술·담배·욕과 함께 살아간다. 그런 삶을 살아가게 된 이유에 대해 영화는 특별히 설명하지 않는다. 이에 박화영은 안쓰러운 '청소년'보다는 위험한 인물로 주변에 각인된다. 영화 후반부로 갈수록 관객은 박화영의 외로움을 마주하며 그의 감정에 이입하게 되지만 영화 초반부 박화영은 '비호감' 그 자체다.

호프 또한 그러하다. 호프는 자살한 코치의 제안을 받아들이긴 하지만 불성실한 코치에 머문다. 제자에게 식단과 상관없는 고칼로리 패스트푸드를 먹이고 남자친구와 성행위를 하라며 부추기며 심지어 몰래 마약까지 준다. 정말 이상하고 호감을 갖기 어려운 캐릭터다. 비호감 여성 캐릭터로 출발하는 명작 〈미쓰 홍당무〉(이경미, 2008)의 양미숙(공효진)도 떠오른다. 양미숙은 유부남 동료 교사의 스토커다. 자격지심과 망상에 시달리고 있는 데다, 툭하면 홍당무처럼 얼굴이 빨개지는 트레이드마크까지 있다. 그는 스토커를 이어가기 위해 유부남 교사의 딸까지 끌어들인다.

하지만 세 영화 모두 마지막에 이르면, 그 주인공들을 이해하게 되고 만다. 그들이 윤리적으로 옳아서가 아니다. 윤리의 코르셋을 벗어난 이상한 여성 캐릭터가 더 많이 필요하다는 이야기를 하고 싶어서다. 세상에는 착한 여자, 예쁜 여자, 똑똑한 여자, 성공한 여자도 많지만 욕하고 자위하고 자격지심 있는 여자도 충분히 많다. 여자를 납작하게 그리지 않는 방법 중 하나를 감독들은 택했다. 비호감 주인공으로 서사를 끌고가기는 쉽지 않지만 그들은 그렇게 시도했고, 성공했다.

호프가 기존 여성 캐릭터와 또 다른 점은 바로 성관계 경험이 많다는 것이다. 성 이야기도 쉽게 꺼낸다. 여성의 성관계를 불가침의 영역처럼 그리던 영화와 정확히 반대다. 오히려 호프의 상대 남성인 벤이 순결의 상징으로 그려진다. 혼전순결자인 벤은 호프가 키스 중에 자꾸 손을 아래로 내리자 그것을 저지시키기까지 한다. 호프는 조르고 벤은 막는다. 〈더 브론즈〉의 세계에서 기존의 남녀 문법은 이렇게 뒤집힌다.

또 다른 코르셋과 호프의 성장

여자 체조 선수에게는 또 다른 코르셋이 작용한다. 마른 몸이어야 하며, 가슴이 나와서도 안 된다는 것. 이에 가슴에는 붕대를 감는다. 호프는 선수 생활을 마무리한 후에도 계속 가슴에 붕대를 감고 다녔다. 그러던 호프가 선수가 아닌 '코치'가 됐을 때 붕대를 벗어 던진다. 포커스를 받지 않는 자리에 있는 법도 깨우친다. 영화는 그런 호프에게 포커스를 맞춘다. 제자인 매기(헤일리 루 리차드슨)가 올림픽에서 경기하는 신이 있다. 카메라는 고속으로 아주 느리게 호프를 담는다. 처음에는 아주 멀리서 찍어 호프가 아주 작게 보인다. 경기장은 크게 보이고 매기의 움직임이 카메라 앞을 왔다 갔다 한다. 하지만 포커스는 꿋꿋이 작은 호프에게 맞춰져 있다. 이윽고 카메라는 다가간다. 매기가 아닌 호프에게 말이다.

카메라가 뒤로 물러난 사람들을 잡는 건 이 순간만이 아니다. 매기의 경쟁자가 매기의 활약으로 낮은 순위에 놓이고 매기가 인터뷰를 하게 된다. 그때 매기의 경쟁자는 뒤에 서서 어색한 웃음을 짓고 있다. 카메라는 그 어색한 웃음을 놓치지 않는다. 텔레비전 화면을 찍은 숏이어서 화질이 좋지 않음에도 과감히 들어가 찍는다. 물러난 사람의 아름다움을, 동메달의 아름다움을 놓치지 않는다.

영화는 물러날 줄 아는 자의 아름다움에 대해 이야기하고 있는 듯하지만 실제로는 괴상한 호프가 존재한다는 점을 전한다. 어디서도 본 적 없는 호프 캐릭터는 역설적이게도 어디에든 꼭 있을 것만 같다. 욕 잘하고, 성욕 많고, 실패한 여자는 왜 존재할 수 없는가? 납작한 여성 캐릭터를 반복해 등장시킨 영화들에 돌 하나를 던지는 영화다.

현실 속 여성이 착함과 조신함, 친절함을 강요받듯, 영화

욕 잘하고, 성욕 많고, 실패한 여자는 왜 존재할 수 없는가? 〈더 브론즈〉는 납작한 여성 캐릭터를 반복해 등장시킨 영화들에 돌 하나를 던지는 영화다.

속 캐릭터도 마찬가지였는지 모른다. 여기서 벗어나는 캐릭터들이 단숨에 비호감으로 전락하는 것도 그래서다. 하지만 호프를 보라. 이경미 감독의 영화들 속 여성들을 보라. 여성은 다양하고 여성 캐릭터도 그렇다. 더 많은 이상한 여성 캐릭터를 원한다. 어딘가 미쳐 있고 나쁘지만 끝내는 우리가 이해할 수 있는, 아니 때로는 이해조차 할 수 없는 다양한 캐릭터들이 나오길 바란다. 괴상한 여자들이 괴상한 세상을 구할지도 모른다.

톰보이는 금쪽이인가요?

〈톰보이〉(셀린 시아마, 2011)

성별이분법이 지배하는 세상에서

2022년 3월 11일 채널A에서 방영된 〈요즘 육아 금쪽같은 내 새끼〉에서는 치마 입기를 좋아하는 지정성별 남성 아동이 나왔다. 오은영 박사는 이를 두고 아이가 아빠와 관계가 좋지 않아 남성성을 제대로 학습하지 못한 것이 원인이라고 유추했다. 그러면서 엄마와 관계가 좋지 않은 딸들은 톰보이가 되기도 한다고 덧붙였다. 방송이 나간 후 많은 사람이 의문을 제기했다. 지극히 프로이트적인 해석으로, 프로이트 이론은 여성혐오적·성별이분법적·결정론적인 문제점을 갖고 있어서 지금 현실에 바로 적용하기에는 적절하지 않다는 게 주된 내용이었다. 정말 아빠와 관계가 좋지 않으면 화장과 치마를 좋아하는 남아가 되고, 반대로 엄마와 관계가 좋지 않으면 톰보이가 될까?

셀린 시아마 감독의 영화 〈톰보이〉에는 톰보이가 등장한다. 주인공 로레(조 허란)는 새로운 동네로 이사 가면서 새로운 아이들과 어울리며 '미카엘'이라는 이름으로 남자아이인 척한다. 미리 언급하면 '로레'와 '미카엘' 중 그가 진정 무엇으로 불리길 원하는지는 영화를 끝까지 보아도 단정 지을 수 없다. 이에 이 글에서 나는 이하 '톰보이'로 칭하려고 한다.

〈톰보이〉의 카메라는 인물들을 핸드헬드(handheld)로 끈질기게 따라간다. 오래도록 톰보이의 뒷모습을 보여주기도 하고, 다른 역할을 맡은 얼굴 또한 화면을 가득 채워 보여주기도 한다. 클로즈업 때문에 관객은 인물의 감정에서 벗어날 수 없다. 사소한 감정까지 온전히 받아들이게 된다. 톰보이는 계속 미묘하고, 어디로든 오가지 못하는 상황에 놓이는데 관객은 이를 멀리서 거리를 두고 바라보기 어려워지는 것이다.

톰보이는 오은영 박사의 말과는 반대로 엄마와 사이가 아주 좋다. 임신한 엄마를 대신해 동생과 놀아줄 줄 아는 든든한 존재다. 톰보이가 동네에서 '미카엘'이라는 이름으로 불린다는 사실을 안 후에 엄마는 크게 화를 내지만, 어쨌든 그 일이 일어나기 전까지 둘의 관계는 평화롭다. 그렇다면 톰보이는 어디서 비롯됐다고 할 수 있을까? 엄마와의 관계 때문에 톰보이가 된 것이 아니라 톰보이를 바라보는 사회적인 시선 때문에 엄마와 사이가 틀어진 것은 아닐까? 선후관계를 어디에 두어야 할지 질문하며 영화 이야기를 더 해보자.

톰보이의 무표정을 응시하는 카메라

카메라는 톰보이의 무표정을 끊임없이 응시한다. 카메라는 어린아이의 천진난만한 웃음을 강요하지 않는다. 흔히 사회적 약자에게는 선함과 웃음을 요한다. 미디어도 예외는 아니어서 사회적 약자인 아이들은 해맑은 존재이자 고민 없는 존재로 그려지는 일이 흔하다. 물론 특별한 경우도 있다. 앞서 소개했던 윤가은 감독의 영화 속 아이들이 그렇다. 그들의 고민은 무거웠고, 그들의 표정은 해맑지 않았다. 시아마 감독의 영화 속 톰보이도 그렇다. 시시각각 어떻게 반응해야 할지 고민하는 표정이 그대로 비춰진다. 성별 이분법적인 세상 속에서 톰보이는 어떻게 '미카엘'을 유지해야 할지 매 순간 빠르게 판단해야 한다.

영화에는 아이들이 노는 장면이 많이 등장한다. 아빠와 카드놀이 하는 장면, 축구하는 장면, 수영하는 장면, 동생과 인물 맞히기 놀이하는 장면 등. 이 모든 놀이는 성별 이분법적이다. 아빠와 함께하는 카드놀이는 가족을 맞추는 게임인데 딸·아들·아빠·엄마·할아버지·할머니 외에는 존재하지 않는다. 축구하는 장면에서도 남자아이들만 참여하는데, 남자 아이들은 웃통을 벗고 남성성을 과시하려는 모습을 보여준다. 문제는 수영복이다. 여자 수영복은 가슴을 가릴 수 있도록 위까지 올라와 있지만 남자 수영복은 팬티뿐이다. 동생과 인물 맞히기 놀이를 하는 장면에서도 비슷한 문제가 벌어진다. 첫 번째 질문이 바로 성별에 관한 것이었기 때문이다. '여자인가요?'라는 물음에 '아니'라고 답하면 바로 '남자인가요?'라고 묻기 때문이다. '미카엘'을 유지하고 싶은 '로레'는 이 이분법적인 세상에서 끊임없이 갈등한다. 웃통을 벗은 자신의 모습이 이상하지 않은지 남몰래 거울을 보고, 여성 수영복을 잘라보기도 한다. 자른 수영복을 입어보니 뭔가 또 다른 의심을 받을 것만 같다. 톰보이는 찰흙으로 음경 모양을 만들어 수영복 속에 넣기로 한다.

매 순간 갈등하고 판단해야 하는 톰보이의 얼굴은 무표정할 수밖에 없다. 마음껏 당황할 수도 없고 고민을 털어놓을 수도 없다. 울 수도 웃을 수도 없다. 모든 것이 들통난 뒤, 톰보이는 엄마에게 혼이 나고 나서야 엉엉 운다. 종횡무진 톰보이를 졸졸 쫓아다니던 카메라는 그제야 '돌리 아웃'(dolly out)으로 아이에게서 점점 멀어진다. 방 안에 있는 아이에게서 멀어지자 아이가 집에 갇혀 있는 것처럼 보인다. 세상의 틀에 갇혀서 우는 톰보이의 눈물은 그를 문제아, '금쪽이'로 단정 짓는 사회에서 비롯된 것이다. 카메라는 평화를 되찾았지만 미카엘의 세계는 무너졌다. 과연 이것을 진정한 평화라고 할 수 있을까. 한 아이의 세계를 무너뜨려 유지하는 세상의 균형이 참된 균형일까.

아이들에게도 들통이 난 톰보이는 수난을 겪는다. 톰보이는 숲속에서 홀로 운다. 카메라는 이를 롱 숏으로 멀리 비춘다. 카메라는 다가가기를 멈추고 멀리서 지켜볼 뿐이다. 톰보이는 큰 숲속에서 아주 작아 보인다. 그럼에도 그의 슬픔은 크게 다가온다. 카메라가 더 다가갔다면 톰보이의 비참함만 부각됐을 것이다. 시아마 감독은 롱 숏을 택함으로써 톰보이가 홀로 마음껏 울 수 있게 지켜주었다.

톰보이의 정체성을 해석하는 최소 세 가지의 갈래

〈톰보이〉 속 톰보이의 정체성을 해석하기 위해서는 최소한 세 가지 갈래가 필요하다. 첫 번째, 〈톰보이〉는 트랜스남성 아동의 서사라는 것이다. 톰보이는 '바디 디스포리아'(body dysphoria)를 겪으며 여성성을 상징하는 치마를 극도로 거부한다. 영화의 마지막 장면, 톰보이가 좋아했지만 톰보이가 지정성별 여성인 것을 알고 떠났던 리사(진 디슨)가 다시 집 앞으로 돌아온다. 톰보이에게 이름을 묻자 "내 이름은 로레아"라고 답한다. 그리고 마침내 톰보이의 입꼬리가 살짝 올라갈 때쯤 영화는 끝난다. 이 장면은 트랜스남성의 서사로 해석했을 때 남자 이름이나 여자 이름을 떠나 그냥 자신의 이름을 받아들이기로 한 톰보이의 모습으로 읽히게 한다. 혹은 적당히 세상을 속이며 살아가야 하는 트랜스젠더의 고충을 보여준 장면일 수 있다.

둘째, 〈톰보이〉는 논바이너리(non-binary) 서사로 읽을 수 있다. 남성과 여성이라는 이분법적 세상을 탈피하고자 하는 톰보이의 투쟁 말이다. 톰보이는 어느 순간에는 '미카엘'일 수도, 다른 순간에는 '로레'일 수도 있다. 그저 자신이 원하는 모습으로 살아갈 수 있어야 하는데 세상은 남성 혹은 여성 중 택하라고 강요한다. 자신의 성별 정체성은 이 세상 어디에도 존재하지 않는 듯하다.

〈톰보이〉의 오프닝 시퀀스에 등장하는 타이틀에는 한 가지 힌트가 등장한다. 파란색과 빨간색이 번갈아 스펠링을 메우는 폰트가 바로 그것이다. 이 영화를 논바이너리 아동의 서사로 읽을 때, 소위 남성다운 취미를 가지고 여자아이를 사랑하는 톰보이는 '미카엘'이 되는 것 이외에는 사회에 남는 방법을 알지 못한다. 톰보이의 엄마도 후반부에 이렇게 털어놓는다. "어떡하면 좋겠니. 나는 방법을 모르겠다." 방법을 알려주는 것은 사회가 해야 할 일이다. 방법을 없앤 것이 사회이기 때문이다.

셋째, 〈톰보이〉는 레즈비언 아동의 서사로 해석할 수 있

톰보이는 자라서 무엇이 될까. 무엇이든 될 수 있다.
이성애자 여성, 논바이너리, 남성, 레즈비언 등
그 무엇이든 가능하다.

다. 다양한 '여성성'을 체득하지 못하게 하는 세상은 톰보이가 자신의 취미와 성적 지향을 여성(지정성별)으로 받아들이지 못하게 했을 것이다. 그런 세상에서 톰보이가 할 수 있는 일은 남성인 척하며 정상성에 부합하기 위해 노력하는 것뿐임을 영화는 보여준다. 엔딩에서 자신의 이름을 '로레'라고 한 장면은 여성이지만 축구도 좋아하고, 여성을 좋아하는 자기 자신을 받아들였다는 의미로 해석할 수 있다. 하지만 이는 톰보이 서사를 해석하는 한 가지의 갈래일 뿐이다. 시아마 감독이 이 영화 이후 레즈비언 영화들을 찍었다거나 그 외의 이유로 〈톰보이〉를 레즈비언 영화로 정체화하는 것은 편협하다고 생각한다. 톰보이는 톰보이다. 위에 언급한 세 갈래 말고도 무수히 많은 해석이 있을 수 있다.

퀴어한 아동은 존재한다. 퀴어 퍼레이드를 두고 '애들 보기 부끄럽지 않냐'는 일각의 글을 볼 때마다 나는 우리 사회 곳곳에 있을 수많은 퀴어 아동이 떠올랐다. 시스젠더 이성애 미디어들을 생각하며 '퀴어 아동 보기 부끄럽지 않냐'고 되묻고 싶다. 참고로 이은영 감독의 단편영화 〈셔틀런〉(2017)에는 체육 선생님을 사랑하는 퀴어 어린이가 등장한다. 앞으로 더 많은 미디어에서 퀴어 아동을 만나고 싶다. 이는 분명 그들이 자신의 퀴어함을 그대로 받아들이는 데 도움이 될 것이다.

'straight'는 아니지만 'right' 하다

오프닝 시퀀스에서 톰보이는 아빠에게 운전을 배운다. "직진으로 가요?"라고 묻는 톰보이에게 아빠는 "오른쪽으로 가"라고 대답한다. 영어로 직진은 'Go straight'이다. 'straight'는 시스젠더 이성애자를 지칭하는 말이기도 하다. 오른쪽은 'right'로 '옳다', '권리'를 뜻한다. 톰보이는 지정성별 여성에게 기대되는 'straight'한 삶이 아닌, 우회전하는 삶을 산다. 하지만 'Turn right'한 삶 그대로 'right', 즉 옳다. 〈요즘 육아 금쪽같은 내 새끼〉의 결론이 대체로 그러하듯 문제 아동으로 보이는 금쪽이들에게는 잘못이 없다. 부모가, 사회가 잘못이다. 톰보이를 포함한 성별이분법을 벗어난 아동들 모두 그러하다.

톰보이는 자라서 무엇이 될까. 무엇이든 될 수 있다. 이성애자 여성, 논바이너리, 남성, 레즈비언 등 그 무엇이든 가능하다. 영화 속에는 음악이 딱 한 번 등장한다. 톰보이가 좋아하는 리사의 집에 놀러 갔을 때 같이 춤을 추며 듣는 음악이다. 그 가사는 "영원히 사랑해"를 의미한다. 영화의 엔딩에서 리사가 다시 돌아왔을 때, 톰보이는 자신의 이름을 답한 후 입꼬리를 올린다. 순간 화면이 느려지면서 영화는 끝이 나고 음악이 흘러나온다. 리사와 함께 들었던 그 음악이다. "영원히 사랑해"가 울려 퍼진다. 이는 리사를 향한 톰보이의 마음일 수도 있지만 퀴어 아동을 향한 감독의 응원일 수도 있다. 네가 무엇이 되든 사랑한다고, 영원히 너의 미래를 응원한다고 말이다. 아동에게는 응원해주는 사회와 부모가 필요하다. 그런 점에서 음악 역시 감독이 크레딧의 글자 뒤에 숨어서 흔드는 응원봉일 수 있다. 나 역시 감독이 내민 응원봉을 잡는다. 그리고 흔든다. “I love you, always.”

웃는 여자?
아니 웃기는 여자!

멜리사 매카시와 코미디 영화들

코미디, 그리고 여성

코미디 영화의 대표 배우로 많은 이들이 찰리 채플린을 떠올릴 것이다. 채플린은 슬랩스틱 코미디의 달인으로, 저소득층을 대변하며 많은 이들에게 웃음과 공감을 자아냈다. 하지만 채플린과 함께하는 여성 캐릭터들은 대개 그냥 웃는 여자에 지나지 않았다. 문제는 많은 코미디 영화가 이를 답습했다는 것이다. 웃게 하는 사람은 남자고 웃는 사람은 여자라는 도식 말이다. 많은 이가 여성의 웃음을 원한다. 웃기는 여자는 비호감을 받지만 웃는 여자는 사랑을 받는다.

영화에서뿐만 아니다. 사회는 여자에게 웃음을 강요한다. 여자들이 많이 종사하는 직업에도 그 낙숫물은 그대로 쏟아진다. 유치원 교사가 그러하고 간호사가 그러하다. 웃지 못할 상황에 수차례 놓이는 고강도 노동 속에서도 웃음이 요구된다. 유치원 교사였던 한 친구는 그 당시 '원장님과 눈이 마주치면 "웃어!"라고 했다'고 회상했다. 여성에게 과한 친절과 다정함이 당연하게 여겨지고 그렇지 않을 경우 제단이 가해진다. 게다가 여기서 허용되는 웃음은 따로 있다. 소리를 내지 않는 온화한 미소. '여자 웃음소리가 담장을 넘어서는 안 된다'라는 속담도 있지 않는가.

이성애자이자 비장애인 남성이 주인공으로 등장하는 수많은 코미디 영화를 볼 때 소수자들은 어디에 이입해야 할까. 그냥 관객석에 앉아 영원히 웃기만 해야 할까. 그것은 진정한 웃음일까. 이렇듯 웃음에서도 누군가는 배제된다. 그런데 여기서 멜리사 매카시가 나타나면 어떨까. 매카시의 영화를 중심으로 여성이 주인공으로 등장하는 코미디 영화들을 소개하고자 한다. 지금이야말로 진정한 웃음이 필요한 시간이기 때문이다.

코미디의 왕, 멜리사 매카시

매카시는 백인 여성 배우로 코미디의 왕이다. 마틴 스코세이지 감독의 〈코미디의 왕〉(1982)에서 주인공은 남성이었지만, 아니다. 주인공은 매카시다. 그는 다수의 코미디 영화에 출연하며 기량을 뽐냈고, 웃음을 줬다. 다양한 영화에서 남성이 하던 역할을 여성으로서 해내며 통쾌하게 비틀었다. 형사, 스파이, 과학자, 히어로는 물론 찌질한 패배자까지도 해냈다.

폴 파이그 감독의 〈더 히트〉(2013)는 전형적인 '투캅스' 스타일의 형사 버디물이다. 엘리트 형사 역을 맡은 샌드라 블럭이, 여러모로 못난 형사로 매카시가 등장한다. 블럭은 깐깐하지만 허술하고 매카시는 임기응변에 강하다. 그리고 무엇보다 매카시는 그동안 형사물에서 흔히 만나왔던 남자 형사처럼 거칠다. 남자관계도 마찬가지다. 술집에서 우연히 만난 옛 남자에게 거칠게 키스를 날리고는 버린다. 〈거꾸로 가는 남자〉(엘레오노르 포리아트, 2018)에서 볼 수 있었던 '미러링'이 이 영화에서는 덜 진지하고 유쾌하게 스크린을 장악한다.

파이그 감독과 매카시는 여러 작품에서 호흡을 맞춰왔다. 〈내 여자친구의 결혼식〉(2011)에서도 매카시는 엉뚱한 신부 들러리로 등장한다. 〈고스트버스터즈〉(2016)에서는 유령을 청소하는 과학자로 나온다. 〈고스트버스터즈〉는 과거 남성 네 명이 주인공이던 원작 〈고스트버스터즈〉의 리메이크작으로, 여성 네 명이 그 자리를 당당히 차지한다. 남자도 나오긴 한다. 그동안 히어로물에서 수많은 여성이 하던 '아이캔디'(eye candy, 눈으로 보기에만 좋은 사람) 역할을 크리스 헴스워스가 맡은 것이다. 금발의 백치 미녀가 늘 해오던 역할을 금발의 백치 미남이 대신하는 상황. 이 역시 코미디 장르다운 웃음 포인트다. 이 영화는 마지막 장면의 명대사로도 유명하다. 안전 경고등이 꼭 필요하냐는 교수의 질문에 홀츠먼 역을 맡은 케이트 맥키넌은 이렇게 대답한다. "남자들을 위한 거죠."

지적인 여성 히어로의 등장은 '여성은 수학과 과학에 약하다'는 편견을 뒤집는다. 그간의 괴짜 남자 영웅의 자리는 여자가 해도 충분했음을 증명한다. 〈고스트버스터즈〉는 영화 상영 초반부터 페미니즘을 기반에 둔다는 이유로 악성 댓글을 받기도 했다. 그러나 이는 이 영화의 가치를 증명하는 일이다. 영화가 나온 해 핼러윈에는 어린 여자아이들이 주인공이 입었던 복장으로 코스프레를 하기도 했다. 그동안 꾸역꾸역 남자 주인공에 이입해오던 여성들에게 새로운 롤모델이 생긴 셈이다.

여성 히어로는 벤 팔콘 감독의 〈썬더 포스〉(2021)에도 나온다. 매카시와 옥타비아 스펜서가 함께 주연을 맡은 히어로 버디물이다. 여기서 히어로들은 날씬하지도 젊지도 않다. 기존 코미디 프로그램에서 웃음거리였던 그들의 체형과 나이는 더 이상 조롱받지 않는다. 한국의 코미디 프로그램도 여성을 희화화하는 데 일조했다. 못생긴 여성, 뚱뚱한 여성은 단박에 놀림거리로 전락했다. '여성'으로 보지 않으며 '비여성'으로 간주한다. 게다가 그들의 세계관에는 여성 동료와 그냥 여성은 존재하지도 않는다. 그들에게 '여성'은 오직 연애 대상일 뿐 그 이상도 이하도 아니다.

KBS 다큐인사이트 다큐멘터리 〈개그우먼〉(2020)은 여섯 개그우먼의 이야기를 담으며 이를 매콤하게 꼬집는다. 그간 웃음이 얼마나 혐오로 얼룩졌는지 돌아보게 한다. 웃기는 여성은 이렇게 쉽게 혐오를 받아왔지만 이제 다르다는 것이다. 웃기는 여성이 감칠맛을 주는 조연을 맡는 시대가 아니다. 스크린 앞에 홀로 설 수 있으며, 또 다른 웃기는 여성과 우르르 설 수도 있다.

PC해서 개그를 못한다?

PC(정치적 올바름) 때문에 개그를 못하겠다는 말들은 이 코미디들 앞에서 무색한 변명이 된다. 왜 못 웃기나. 왜 게으르게 웃기나. 이렇게 재미있게 할 수 있는데, 왜 혐오와 편견으로 얼룩진 잔혹한 웃음을 만드는가. 풍자와 해학의 방향은 위를 향해야 한다. 약자를 향하는 순간 혐오에 불과하다. 권력을 비트는 것이 코미디의 본질이다.

파이그는 꾸준히 여성 코미디를 만들어왔다. 〈부탁 하나만 들어줘〉(2018)는 스릴러 코미디로, 안나 켄드릭의 코믹 연기를 제대로 담아냈다. 재미없고 찌질해 보이는 켄드릭의 일상에 블레이크 라이블리가 다가오면서 사건이 벌어진다. 평범한 켄드릭의 비범한 과거가 면면이 드러나면서 우리는 비범해 보이는 자와 평범해 보이는 자의 맞대결을 보게 된다.

평범한 여자 주인공을 소재로 삼은 코미디로는 미키 사토시 감독의 〈거북이는 의외로 빨리 헤엄친다〉(2006)를 명작으로 꼽을 수 있다. 하지만 영화 중간 호모포빅한 대사가 등장하면서 웃음의 흐름을 끊기도 한다. 진정한 웃음을 만들지 못하는 것은 PC가 아닌 언PC(정치적으로 올바르지 못함)다.

007 페미니즘 코미디 버전

파이그는 〈스파이〉(2015)에서 다시 한번 매카시와 호흡을 맞춘다. '스파이 영화' 하면 '007'이 떠오른다. 007 시리즈에서 여성은 어떤 모습인가. 남성의 욕망을 위한, 남성 스파이의 섹시함을 드러내기 위한 소재로 쓰이는 게 익숙하다. 마치 잘 차려입은 슈트와 다를 바 없다. 그렇게 '본드걸'이라는 이름하에 수많은 여성 캐릭터가 납작하게 그려졌다.

〈스파이〉는 이를 전복한다. 말끔한 슈트에 말수가 적은 마초 스파이의 모습이 아니다. 말도 많고 탈도 많고 그만큼 웃음도 많이 주는 우리의 매카시가 주드 로의 역할을 대신하며 시작한다. 오프닝 시퀀스에서 멜리사는 스파이의 귓속 장치에 존재한다. 이런 저런 정보들을 알려주고 작전을 성공으로 이끌지만, 멋과 폼은 남성 스파이의 몫일 뿐, 열악한 사무실에 갇혀 있는 멜리사에게는 아무런 공도 돌아오지 않는다.

하지만 주드 로의 부재로 인해 멜리사가 현장에 뛰어들게 된다. 여기서도 성차별적인 시선 때문에 골머리를 앓는다. 동료 스파이는 여자라고 끊임없이 무시하고(정작 사고는 본인이 다 치고 똥은 멜리사가 다 치운다), 다른 스파이가 끊임없이 던지는 추파에 맞서야 한다. 그들의 태도는 엄연히 여자를 동료로 보지 않는 데서 비롯된 것이다. 여자는 일에 불필요한 존재 혹은 섹스 대상으로만 치부될 뿐이다. 멜리사는 성차별적인 구조와 계속 충돌하지만 결국 멋지게 작전을 완수한다.

〈스파이〉는 '본드걸'을 납작하게 그려온 영화사에 복수라도 하듯 남자들을 납작하게 그린다. 그들은 허세에 절어 있거나, 섹스에 미쳐 있다. 통통한 체형에 젊지 않은 여성이 스파이임을 아무도 의심하지 않으리라는 전제하에 작전은 실시된다. 자신들의 연애 대상에서 벗어난 여자들을 유야무야 대한 대가를 악당들은 고스란히 받는다. 〈스파이〉는 한마디로 007의 페미니즘 코미디 버전이다.

〈스파이〉는 '본드걸'을 납작하게 그려온 영화사에
복수라도 하듯 남자들을 납작하게 그린다.
그들은 허세에 절어 있거나, 섹스에 미쳐 있다.

문소리의 코미디

'한국의 코미디 배우' 하면 나는 가장 먼저 문소리가 떠오른다. 한국에도 〈스파이〉와 동명의 영화 〈스파이〉(이승준, 2013)가 있다. 시놉시스만 보면 남성 스파이인 철수(설경구) 중심의 이야기 같지만, 좀 더 깊숙이 들여다보면 '진화 서사'로 해석이 가능하다. 시댁에 치이고 남편에게 밀리던 영희(문소리)는 자신도 모르는 사이에 스파이 작전팀에 합류한다. 처음에는 사고뭉치 같은 존재지만 결국 중대한 역할을 해낸다.

이 영화에서 문소리의 코미디 연기는 진지해서 웃기다. 자타공인 최고의 배우 문소리의 연기가 어떤 장르에서 빛을 발하지 않겠냐마는 코미디 연기 또한 정말 예술이다. 과장하지 않고 자신만의 해석까지 덧붙인다. 문소리 안에 들어간 캐릭터는 납작한 종이 한 장이 두꺼운 백과사전으로 변모하는 것과 같다.

〈세자매〉(이승원, 2021)에서도 그랬다. 〈세자매〉에서 문소리는 교회 성가대 지휘자로 등장한다. 교회 성가대 지휘자가 지휘하는 컷을 떠올려보자. 뻔하게 그려지는 장면이 있을 것이다. 만면에 미소를 띠고 성스러운 표정으로 지휘하기. 문소리는 이를 다르게 그렸다. 미소 대신, 감정이 넘치는 지휘 대신 목을 꼿꼿이 세워 교회 내 권위와 억지 우아함을 표현했고, 자칫 식상할 뻔했던 신에서 온전히 캐릭터에 집중하게 했

시댁에 치이고 남편에게 밀리던 영희는
자신도 모르는 사이에 스파이 작전팀에 합류한다.
그리고 결국 중대한 역할을 해낸다.

다. 〈세자매〉라는 잔혹한 영화를 보며 그나마 웃을 수 있었던 이유는 통렬한 비판이나 풍자적인 연출 때문이 아니다. 〈세자매〉는 풍자하지 않는다. 현실을 그대로 드러내는 방식으로 아주 잔혹하게 그려낸다. 하지만 그 가운데 문소리는 거짓된 행복을 추구하는 캐릭터를 통해 웃음을 선사한다. 나는 매카시와 문소리의 코미디를 하루 종일 보고 싶다.

슬픔과 코미디

웃음이 간절히 필요한 시대다. 사실 어느 시대든 웃음은 필요했다. 모든 시대에 슬픔이 존재했기 때문이다. 웃음은, 코미디는 아이러니하게도 슬픔에서 출발한다. 웃음은 슬픈 현실을 통쾌하게 비틀고 잠시나마 현실을 잊게 해준다. 슬픔이 발에 치여 걸음걸음이 쉽지 않을 때 당신에게 코미디를 권하고 싶다. 하지만 이 글에서 내가 소개한 코미디들 역시 완벽하지는 못하다. 비인간 동물을 비하하는 종차별적인 농담이 가끔 등장하기 때문이다. 모든 차별과 혐오의 앵글을 넘어선 유머의 등장을 기다린다. 그리고 그 유머가 전폭 흥행하길 바란다. 그때 모든 약자의 웃음소리가 프레임을 넘겠지. 코미디가 우리를 구원할 것이다.

4

투 스텝의 법칙으로, 더 가까이

이제 그들만의 리그가 아니야

〈그들만의 리그〉(페니 마셜, 1992)

운동장에 나타나는 여성들

2020년 2월, 코미디언 김민경이 〈오늘부터 운동뚱〉(코미디TV에서 방송 중인 〈맛있는 녀석들〉의 스핀오프 방송)에 출연했다. 그는 허벅지 씨름으로 모든 코치와 관장을 제압하고, 하는 운동마다 자석이 냉장고에 붙듯 척척 몸에 붙는 모습을 보여줬다. 같은 해 8월에는 여성 스포츠 스타들이 예능에 대거 출연했다. 〈노는 언니〉(E채널)에서는 박세리 선수를 필두로 다양한 종목의 선수들이 나와 '생리할 때 어떻게 운동하는가'와 같은 주제로 솔직한 대화를 나누기도 했다. 2021년 2월에는 여자들이 축구하는 예능인 〈골 때리는 그녀들〉(SBS)이 파일럿으로 방영되었고, 6월 정규 편성되었다. 이 방송에 대한 열기는 엄청났다. '없었던 이것'을 모두 기다렸던 것만 같았다. 4년마다 돌아오던 월드컵의 열기가 〈골 때리는 그녀들〉이 방영되던 매주 수요일마다 돌아왔다.

2021년 여름에는 도쿄 올림픽에서 여성 선수들의 활약이 두드러졌다. 특히 여자 배구의 인기는 폭발적이었다. 나 역시 다시 3학년 6반 배구팀으로 돌아가 배구공까지 샀다. 토스를 50번씩 하고, 서브 연습을 하느라 항상 손목이 시퍼렇게 멍들었던 그 시절로 말이다. 친구와 동네 공원에 가서 10분씩 공을 주고받았다. 실력이 미천해 랠리가 세 번 이상 이어지는 일은 드물었지만 웃음 랠리만큼은 끊이지 않았다. 10분만 했는데도 땀이 줄줄 났다. 가파른 언덕길을 올라 다시 집으로 돌아오는 길이 되려 시원해 땀이 마를 정도였다. 언제 마지막으로 이런 땀을 흘렸는지 돌아보기도 했다.

마지막으로 피구를 한 건 고등학생 때였다. 학교는 남학생에게는 농구를, 여학생에게는 피구를 '시켰다'. '죽이는 게임'인 피구를 들여다보면 왜 올림픽 정식 종목이 되지 못했는지 속속들이 이해가 간다. 피구에서 공은 주고받다가 골을 넣어 성공을 가져오는 팀워크를 상징하기보다 돌리다가 상대를 맞춰 패하게 하는 무기다. 공 앞에서 쫄지 않아야 하는 게임. 하지만 옆 반 에이스의 무서운 스피드는 결국 나를 쫄게 했고, 내 인생의 공은 더 이상 구르지 않았다.

새로 신설된 여성 풋살팀과 배구팀 이야기가 초가을 바

람 마냥 내 귀로 솔솔 들려온다. 그러다 보니 약 80년 전, 야구공을 날리던 여성들에 관한 영화가 떠올랐다. 〈그들만의 리그〉는 페니 마셜이 감독을 맡고, 지나 데이비스가 주연한 1992년 영화다. 이 영화는 실화를 바탕으로 한다. 그러니까 그 선수들이 실제로 존재했다는 이야기다.

1943년부터 1954년까지 전미 여자 프로야구연맹이 있었다. 창설 사연부터 가슴 아프다. 제2차 세계대전이 발발하면서 남자 야구 선수들이 전쟁터에 나가버리자 야구장이 텅 비었다. 이에 프로야구 리그를 운영하던, 초코바 사장 하비는 여자 리그를 만들기로 한다. 한마디로 대체품이 등장한 것이다. 그러나 재미로, 때우기로 시작한 그 리그는 여자들의 가슴에 야구공을 하나씩 품게 한다.

야구 전후로 카메라는 달라진다

각 지역의 야구 좀 한다는 여자들이 모인다. 첫 번째로 주인공 자매인 도티와 키트가 선발되어 기차를 타고 다른 선수를 픽업하기 위해 떠난다. 물론 이 과정에서도 성차별은 존재한다. 자신들 기준에 예쁘지 않은 선수는 데려오지 않으려고 하는 등 엉망진창이다. 트라이아웃(선수 선발 테스트)이 등장하는 장면 전까지 영화는 지루해서 하품이 나올 정도다. 물론 야구를 하기 위해 여자들이 모인다는 서사는 그 자체로 두근거리지만 컷 자체는 따분하게 느껴졌다.

가령 두 명의 대화 신이 있다면, 공간을 보여주는 인서트 숏, 두 명이 있다는 걸 알려주는 투 숏, 그리고 듣는 사람의 어깨를 걸고 말하는 사람을 찍는 오버 더 숄더 숏, 반대로 들었던 사람이 말할 차례가 되면 뒤집어서 찍는 오버 더 숄더 숏과 같은 평이한 진행이 그것이다. 드라마의 컷을 보는 것처럼 영화적 재미가 훅 떨어졌다. 드라마는 날카로운 대사들이 쏟아져 컷에 신경 쓸 수 없을 만큼 우리의 정신을 쏙 빼놓기라도 하지만, 〈그들만의 리그〉는 선수들이 집을 떠나며 나누는 느슨한 대화와 성차별을 담은 대사로만 채워질 뿐이었다.

그러나 트라이아웃을 준비 중인 야구장에 들어서는 순간 영화는 180도 바뀐다. 이제부터 진짜다. 야구를 해야 진짜다. 공을 던지세요. 공을 받으세요. 공을 배트로 날려버리세요. 얼마나 재밌게요. 아드레날린이 샘솟습니다. 모든 컷과 카메라 무빙, 음악이 하나되는 이 신 자체가 관객을 스포츠에 빠져들게 한다. 앞선 지루함이 의도였음이 느껴진다. 소젖을 짜며 보내던 지루한 여성의 일상을, 동네에서 삼삼오오 야구를 하고 다시 집으로 돌아와 집안일을 돕는 여성의 일상을 단조롭게 찍어 트라이아웃 신에서 도저히 빠져나갈 수 없게 만든다. 다시는 이전 신들로 돌아가고 싶지 않아진다.

야구공은 카메라 앞으로 휙휙 빨리도 지나간다. 렌즈가

운동장은 기울어져 있다. 그렇다고 우리가 운동장에
들어가지 말라는 법은 없다. 공을 받는 쾌감을 위해 법칙을
어기고 원 스텝으로 촬영한 이 영화처럼, 우리도 헛된
법칙을 어기고 운동장 안에 한 발짝 들어가보자.

깨지는 게 아니다. 걱정할 필요 없다. 한스 짐머의 뮤지컬 음악이 쏟아진다. 강한 스윙을 날리는 여성, 속구를 던지는 여성, 모래바람을 일으키며 슬라이딩하는 여성…… 야구하는 여자가 이렇게 많았던가? 그것도 이렇게 잘하는 여자가? 관객의 편견을 박살내는 장면들이다. 짐머의 화려한 음악은 이 투수, 포수, 외야수, 타자의 움직임을 한 편의 뮤지컬처럼 여겨지도록 한다. 한마디로 진짜 재밌어 보인다. 나도 저기 가서 글러브를 끼고 공을 한번 잡아보고 싶어진다.

영화는 컷을 붙여야 이야기에 설득력을 부여할 수 있다. 컷을 붙이는 데는 여러 법칙이 있다. 인물과 인물 사이의 선, 그 반경의 180도 안에 카메라가 위치하는 '180도 법칙'이 한 예다. 이것을 지키지 않을 경우, 컷이 튄다는 느낌을 줄 뿐 아니라 관객은 캐릭터들의 위치를 혼동할 수도 있다. 물론 일부러 180도 법칙을 어겨 영화적 재미를 주는 경우도 있다. 컷을 붙게 하기 위해 현장에서 배우의 시선을 맞추고, 카메라의 위치를 잡고, 때로는 대가구의 위치를 조금 움직여 속이기도 한다. 그만큼 컷이 튄다는 것은 영화에서 치명적인 실수다.

컷을 붙이는 또 하나의 법칙은 '투 스텝'이다. 영화 숏의 사이즈에 대해서는 앞서 설명한 적이 있지만 다시 한번 소개한다. 배경이 주로 보이는 가장 먼 롱 숏부터, 인물의 머리부터 발끝까지 보이는 풀 숏, 인물의 무릎까지 보이는 니 숏, 허리까지 보이는 웨스트 숏(현장에 따라 '미디엄 숏'이라고 부르기도 한다), 가슴까지 보이는 바스트 숏, 얼굴을 중점적으로 찍는 클로즈업, 여기서 더 나아가 찍는 익스트림 클로즈업 숏이 있는데 위 순서대로 점점 인물에 다가가는 방식이다. 컷이 붙기 위해서는 앞 컷보다 뒤 컷이 투 스텝 이상, 두 단계 이상 가까워져야 한다는 법칙이 투 스텝 법칙이다. 니 숏을 찍었으면, 바스트 숏으로 이어져야 하는데 웨스트 숏으로 가면 살짝 튀는 느낌을 줄 수 있다. 이 법칙을 어기면 툭 하고 다가가는 느낌이 난다. 일부러 투 스텝 법칙을 어기고 툭 들어가는 느낌을 활용해 공포영화에서는 관객을 놀라게 하기도 하고, 코미디 영화에서는 인물이 당황했음을 보여주기도 한다.

트라이아웃 신에서도 투 스텝 법칙을 당당히 어긴다. 투수인 키트가 날아오는 공을 잡는 컷이 있다. 살짝 점프하면서 잡는데, 풀 숏으로 시작한 이 컷은 키트가 공을 잡는 순간 아주 자연스럽게 니 숏으로 들어간다. 부드럽게 툭 들어가는 이 느낌은 마치 관객인 내가 공을 잡은 것처럼, 내 손에 공이 툭 들어온 것 같은 감흥을 준다. 외야수가 공을 잡아 아웃시키기 위해, 허공에 뜬 공을 보며 뒷걸음질치는 컷은 핸드헬드로 주춤주춤 잡아 카메라 워크로 뒷걸음질을 극적으로 묘사한다. 그리고 공은 외야수 글러브에 쏙 들어온다. 여기에다 뮤지컬 음악을 더해 야구와 스포츠의 쾌감을 최대한 표현한다. 이 신에서 관객은 야구에 푹 빠질 수밖에 없다. 앞선 지루함은 야구로 풀 수 있다고, 너도 배트 한번 잡아보지 않겠냐고 유혹

하는 아주 치명적인 신이다.

그러던 어느 날, 이 멋진 선수들에게 유니폼이 생긴다. 그런데 치마다. 어처구니없는 당시 현실을 영화는 그대로 담았다. 포수는 쪼그려 앉아야 한다고, 타자는 슬라이딩을 해야 한다고 저항하지만 이 복장을 입지 않는다면 경기를 할 수 없단다. 어쩔 수 없이 선수들은 유니폼을 입는다. 이외에도 선수들은 선수 자체가 아니라 대상화된 '여자'로서 수없이 취급당한다. 야구 선수임에도 신부 수업과 비슷한 숙녀 수업을 들어야 하며 차 마시는 법까지 배워야 한다. 관중과 미디어의 반응도 비슷하다. 관중은 성희롱을 일삼고 미디어는 그들을 '여자'로서 소비한다. 선수 자질과 상관없는 외모, 뜨개질 실력, 커피 타는 모습 등에 초점을 맞추고 심지어 화장품 광고까지 붙는다.

영화 속 이야기가 아니다. 아직도 여성 스포츠 선수들에게는 외모에 대한 이야기가 앞선다. 실력이 뛰어나도 황제가 아닌 '여제'가 될 뿐이다. 미디어는 스포츠와 여자를 분리시킨다. 운동과 동떨어진 여성들을 그려왔다. 하지만 최근 예능은 조금 다르다. 포효하는 여자들, 넘어지는 여자들, 땀범벅된 여자들, 근육이 터질 것 같은 여자들을 볼 수 있다. 이제 시작이고 아직 턱없이 부족하지만 반가움은 이루 말할 수 없다.

래퍼 최삼의 노래 〈농구공〉을 들어보면 어떻게 스포츠와 여자가 서로 멀어지는지 온전히 알 수 있다. 코트를 누비던 한 10대 여성은 우연히 만난 남성에게 핀잔을 듣는다. "왜 농구하게 여자가. 넌 여자가 왜 그러냐?. 니 친구들도 그래. 그냥 맞춰주는 거지. 진짜 좋을 리가 있어. 한참을 떠올려 처음 본 타인의 말. 그 속에 묶여 며칠 고민해. 내 집 신발장 그 위에 농구공을 던져 올려 이제 됐지. 내 사춘기와 함께 두껍게 더 쌓이는 먼지." 사회가 여성에게 공을 빼앗아가는 경우가 다양한데 최삼의 〈농구공〉이 담은 상황은 그중 하나다. 우리는 원래 공, 운동, 땀, 스포츠와 멀지 않았다. 그 간격을 사회, 미디어, 그에 길들여진 사람들의 시선이 벌려놓았을 뿐이다.

더 많은 연대

영화 속 선수들은 죄다 백인이다. 야구는 여자 중에서도 결국 백인만 가능한 스포츠였다는 점을 영화는 확실하게 짚고 넘어간다. 연습 중간, 공이 바깥으로 새는 신이 있다. 여기서 우아한 흑인 귀부인들의 무리 앞에 공이 멈춘다. 그중 한 여성이 공을 들어 최우수 선수, 포수 겸 타자인 도티에게 공을 던진다. 이런, 엄청난 속공이다. 도티는 '아오' 하고 얕은 탄성을 뱉는다. 흑인 귀부인은 우아하게 인사를 하고 다시 떠난다.

이 신은 백인이 결코 유색인보다 잘해서 모여 있는 것이 아니라는 것, 백인의 권위가 존재한다는 것, 그리고 유색인 여성도 여자 야구 열풍에 반응하고 있다는 것 등 여러 가지를 내포한다. 인종차별을 언급하면서 유색인을 가난하고 시끄러운 스테레오타입으로 그리지 않고 귀부인으로 등장하게 한 것 또한 감독의 신중한 시선이다. 더 나아가 이 신은 인종차별을 지적하면서도 여성 간 연대를 표현했다.

트라이아웃 선발 때 선발된 선수들이 모두 착석한 가운데 한 선수가 엉엉 울면서 선발 선수 명단 앞을 헤매는 장면이 있다. 선발에서 탈락한 선수인가 싶어 감독이 떠나길 지시하는데, 한 여성 선수가 선뜻 일어나서는 곁으로 다가와 이름을 묻는다. 울던 선수는 다름 아니라 글을 읽지 못했던 것이다. 울던 선수가 이름을 말하자 명단에서 찾아준다. 팀에 합류한 선수는 이제 중간중간 다른 선수들에게 글 읽는 법을 배운다.

사실 연대는 영화 초반부터 시작됐다. 선수를 물색하는 남자가 도티, 키트와 트라이아웃을 가던 중, 야구 좀 한다는 말라를 데리러 간다. 말라의 실력은 엄청나다. 스윙마다 유리창을 깬다. 그런데 그 남자는 말라의 얼굴을 보고는 안 된다며 그냥 떠나자고 한다. 그러자 도티와 키트가 짐가방을 내려놓고 시위한다. 결국 도티와 키트의 연대로 말라는 팀에 합류한다.

곳곳에 연대의 과정을 담아냈지만 큰 틀에서 영화는 스포츠 영화의 전형처럼 흘러간다. 하지만 여성 구단이기에 겪는 차별을 콕콕 집어낸다. 그러면서도 나이든 매니저에게 술 취한 감독이 가하는 성추행 장면 등과 같은 구시대적인 발상에서 완전히 벗어나지 못한다.

이야기는 계속된다

영화의 엔딩은 할머니가 되어 야구하는 이들의 모습을 비춘다. 그들은 여성 야구 박물관을 둘러보며 사진도 찍는다. 운동하는 젊은 여성을 보는 것만으로도 벅찼는데, 던지고 치고 심판에게 항의하는 할머니들이라니. 최고의 엔딩이다.

다시 한번 언급하지만 〈그들만의 리그〉는 첫 신, 첫 컷에서 남자아이들이 농구하는 모습을 여자아이들이 바라보는 모습을 담아냈다. 하지만 엔딩에서는 할머니들이 모여 야구를 한다. 사실 이 영화는 액자식 구조로, 첫 신과 엔딩의 시간적 배경이 동일하다. 그러니까 지금도 어디서는 남자 아이들이 농구하면 여자 아이들은 지켜보고 있을 것이다. 하지만 또 다른 어딘가에서는 할머니들이 야구를 하고 있을 것이다.

운동장은 기울어져 있다. 그렇다고 우리가 운동장에 들어가지 말라는 법은 없다. 공을 받는 쾌감을 위해 법칙을 어기고 원 스텝으로 촬영한 이 영화처럼, 우리도 헛된 법칙을 어기고 운동장 안에 한 발짝 들어가보자. 재미 없으면 말고. 그래도 해본 것과 안 해본 것은 확실히 다를 테다. 원제 〈그들만의 리그〉는 단지 '그 여성들'만의 리그를 뜻한다. 이제 더 이상 그들만의 리그가 아니다. 우리가 운동장에 들어왔다.

40살에 나, 가요!

〈위 아 40〉(라다 블랭크, 2020), 〈나가요: ながよ〉(차정윤, 2016)

영화에 관해 글을 쓰게 된 적이 있다. '영화'를 쓰는 일, 즉 시나리오를 쓰는 일은 여러 번 해봤지만 영화에 '관해' 쓰는 일은 영 낯설고 어렵기만 했다. 아무래도 영화를 너무 좋아하기 때문이라 그런 것 같았다.

어떤 영화로 이야기를 시작해야 할지 고민하기도 전에 비트 소리와 함께 한 편의 영화가 떠올랐다. 바로 〈위 아 40〉이다. 이 영화는 라다 블랭크 감독의 장편 데뷔작으로, 각종 영화상을 수상했다는 수식이 사치처럼 느껴질 정도로 재치와 흥미가 넘친다. 대사도 재미있고, 캐릭터도 매력적이며, 시종일관 핸드헬드 기법으로 까불까불 촬영하는데도 멀미가 나지 않으며, 중간중간 등장하는 다른 화면비의 숏들도 기발하다.

주인공 라다는 할렘가에 사는 연극 극작가이고, 고등학교에서 연극 수업을 하고 있으며, 40살을 앞두고 있다. 30살에는 세상의 조명을 받았었는데 지금은 수강생들의 디스(disrespect, 무시)를 받는다. 극을 올리려면 '유색인종 불행 포르노'를 원하는 백인 연출가의 비위까지 맞춰야 할 판이다. 라다가 홧김에 그 백인 연출가의 목을 조르면서 상황은 더 엉망이 된다. 라다가 자책하는 사이 어디선가 비트가 들려온다. 거울 앞으로 가 홀린 듯이 랩을 하는데, 젠장. 완전 잘한다. 나만 놀란 줄 알았는데 본인도 놀란다. 놀라서 카메라까지 본다?

라다는 사실 주인공이자 이 영화의 감독이자 배우로 찌질한 상황을 신선하고 영리하게 보여준다. 여느 영화에서 흔히 관객을 앉히지 않는 자리로 감독은 우리를 초대한다. 물론 처음에는 통상 다른 영화처럼 영화 밖에서 라다를 바라보게 한다. 그리고 영화상 첫 번째 랩을 멋지게 마치고 난 후에는 '너도 봤지?' 싶은 느낌으로 카메라를 슥 보는데, 이때부터 혼란스럽다. 라다와 은밀한 경험을 공유했다는 사실이 관객을 영화 안으로 쑥 끌어당기기 때문이다. 이제 관객은 라다가 랩을 끝내주게 잘하는 재능이 있음을 알기에 마치 영화 속 투명 친구처럼 그를 응원하게 된다.

그런데 여기서 한 가지 더. 영화 중간에는 할렘가 주민들인, 라다가 가르치는 학생들의 영상이 인터뷰처럼 작은 화면으로 등장한다. 인물들의 시선은 우리가 흔히 보는 인터뷰에서처럼 카메라 살짝 위를 향하며, 마치 라다가 이것을 찍고 있는 것처럼 "거 봐, 안 된다고 했지?"와 같은 식으로 라다에게 말을 건다. 심지어 이 영상 속 할렘가 주민 중에는 영화 내내 등장하지 않는 사람도 있다. 이 영상에서 관객은 그냥 라다가 되어버린다. 심지어 카메라 앞도 아니고 카메라 뒤에 있는 라다가. 근데 실제로 라다는 연출가로서 카메라 뒤에 있기도 하니, 라다도 어디에나 있고 관객도 어디에나 있게 하는 영화다. 상황이 이러하니 우리는 라다에 대해, 할렘가에 대해 라다가 목을 졸랐던 백인 연출가처럼 팔짱을 낀 채 떨어져서 볼 수가 없다. 잘난 체하면서 이 할렘가 유색인 여성 작가의 삶과 현실을 이야기하기에 우리는 라다에 대해 너무 많은 것을 알게 된다. 사고도 치고, 백인 남자 엉덩이에 영감을 받아 랩을 쓰기도 하고, 엄마의 죽음에 대해 힘겨워하며, 학생들에게는 핀잔과 추파를 번갈아 받고, 옛날에는 반짝거렸는데 그건 진짜 '반짝이'였으며, 랩도 잘하는 라다.

라다가 프로듀서 D와 대화하며 엄마의 그림들을 회상할 때 작은 화면비로 엄마가 그린 그림들이 등장한다. 인서트(insert)도 시점 숏(p.o.v, point of view)도 아닌 마치 자료화면처럼 오직 한 숏에 한 그림만이 사진처럼 비춰진다. 그건 라다의 머릿속에서 일어나는 일이지만, 우리는 라다를 '통해'서가 아니라 온전히 그 그림을 본다. '떠난 엄마를 기억하는 딸을 바라보는' 위치가 아닌 '기억하는' 위치에서 관객을 부른다.

보통 영화 속 인서트와 시점 숏은 시간성을 갖는 영상이다. 〈위 아 40〉는 이를 활용해 그 그림을 봤던 시간을 공유하기보다 시간성이 없는 그 이미지 자체를 공유한다. 누군가의 과거가 담긴 비디오테이프를 다시 보기보다 진짜 그 이미지 덩어리 자체를 다시 보게 한다. 이어 라다는 엄마에 관한 내용이 담긴 랩을 하기 시작한다. 이때 관객인 우리는 라다에게 효자라고 말하기 어려워진다.

라다가 대중교통을 타고 이동하는 몽타주 신에서 종종 라다 오빠의 음성메시지가 보이스 오버로 들린다. 내용은 떠난 엄마의 짐 정리에 관한 것이다. 출퇴근을 하거나 혼자 있는 시간에 라다가 그 생각에 사로잡혀 있음을 관객은 함께 체험한다.

〈위 아 40〉의 원제는 'The Forty-Year-Old Version'이다. 2020년, 코로나를 맞으면서 나의 가장 큰 수입원이었던 공연이 확연히 줄었다. 올해로 공연 10년차, 어감이 주는 근사한 경력이 무색하게 나는 한 달째 집에만 있기도 했다. 음원은 발매해도 늘 적자다. 아주 차곡차곡 천천히 앨범 위의 먼지처럼 쌓여 7~8년 뒤에는 흑자가 되려나. 다만 그 시간 동안 나는 밥도 엄청 많이 먹을 테고 샴푸바도 사야 하고 전기세도 내야 하고 월세도 내야 할 뿐. 그렇다 보니 그 7~8년 뒤가 걱정이다. 7~8년 전에는? 30대를 걱정했다. '이렇게 모아서 쏟아붓는 식으로 영화를 찍으면서 살면 앞으로 어떻게 입에 풀칠하지? 그때나 지금이나 고민은 비슷하다. 40세 버전의 라다를 체험하자, 미래도 나의 한 버전이라는 생각이 들면서 그 막연한 두려움이 조금은 가신다. 라다는 40세 무렵에 비트를 다시 만나 랩을 한다. 그때도 상황은 나아지지 않는다. 그냥 랩을 하게 됐을 뿐이다. 그런데 두 시간 내내 흔들리던 카메라가 드디어 고정된다. 그리고 또 다른 화면으로 변하는데 그걸 언급하는 건 너무 강한 스포일러라서 참으련다.

〈위 아 40〉를 떠올리면 자연스레 차정윤 감독의 단편영화 〈나가요〉가 떠오른다. 두 영화의 공통점은 '랩하는 여성'이 주인공이라는 것이다. 〈나가요〉는 노래방에서 성노동 아르바이트를 하게 된 다현(문혜인)의 이야기다. 다현 역시 라다처럼 랩을 좋아하는데 그 모습이 영화에서 갑자기 튀어나온다. 대낮의 골목길, 장을 봐 집으로 돌아가는 다현의 뒷모습 숏에서 갑자기 다현이 랩을 하는 식이다. 그것도 장 본 식재료에 관한 지극히 일상적이고 별 메시지 없는 랩을 말이다. 이 별 볼 일 없어 보일 수 있는 모습은 〈나가요〉에서 가장 밝고 희망찬 장면이다. 다현은 관객을 위해 랩을 하지 않는다. 정말 하고 싶어 아무 가사나 툭 내뱉은 랩은 다현의 편안한 복장과도 착 붙어 영화 속 현실 어디에도 없는 자유로움을 선사해준다. 옷차림부터 시작해 그 무엇 하나 다현이 원하는 대로 할 수 없는, 예기치 못한 상황이 쏟아지는 일터에서 다현은 랩을 한다.

〈위 아 40〉가 관객을 라다의 내밀한 친구로, 때로는 라다 자체로 라다의 의식과 무의식까지 공유하며 자유자재로 위치시키는 재간을 부린다면, 〈나가요〉는 관객과 거리를 두며 이야기를 이끌어나간다. 이는 온전히 〈나가요〉의 연출 방식의 문제라기보다 문혜인 배우가 작동하는 부분에 더 가깝다. 문혜인은 종종 맡은 캐릭터를 관객이 쉽게 좋아하고 이해하지 못하게 한다. 그래서 쉽게 짐작하거나 쉽게 연민하지도 못하게 거리를 둔다. 측은지심과 타자화는 어떤 지점에서 맞닿아 있다. 〈위 아 40〉에 등장하는 백인 연출가처럼 할렘을 바라보는 게 얼마나 쉬운 일인지 떠올려보면 이 말이 더 이해가 잘 될 것이다.

문혜인이 지닌 거리 둠의 힘은 다른 영화에서도 발한다. 〈한낮의 우리〉(2016)의 나레이터 모델 '진주', 〈두 개의 물과 한 개의 라이터〉(2019)의 '혜영', 〈에듀케이션〉(2019)의 '성희' 모두에게 관객은 쉽게 다가갈 수 없다. 관객이 쉽게 이입하고 싶어 하는 '착한 주인공'이 아니다. 그렇다고 '나쁜 악당'도 아니다. 골목길에서 마주칠 것 같은, 어딘가에서 살아가고 있는 사람이다. 그 사람에게 나는 쉽게 다가가 '아이고, 그랬어요'라고 할 수 없다. 그 사람의 삶에 대해서 무엇을 안다고 함부로 동정할 수 있겠는가. 다가가려고 하면 문혜인 배우의 연기가 밀어낸다. 거기서 보세요. 위도 아니고 아래도 아니고 거기서. 보고 나면 평가할 수 없다. 타인의 삶을 평가하거나 쉽게 말하는 것의 어려움을 문혜인은 연기를 통해 전한다.

한 가지 아쉬운 점은 〈나가요〉에는 다현의 이런저런 모습들이 몽타주로, 서정적인 음악과 함께 등장하는 경우가 있다는 점이다. 이 음악은 랩을 좋아하는 다현이 들을 법한 음악이 절대 아니며, 듣는 이로 하여금 감정을 끌어올리는 곡이다. 이에 다현 자체의 모습을 마주하기보다 슬프고 안타깝다는 감정을 먼저 떠올리게 되면서 거리 두기를 방해한다는 아쉬움이 있다.

마더퍼커 없는 힙합의 세계

나는 러닝타임이 끝난 후 영화가 삶에서 상영되는 것을 발견하는 순간을 좋아한다. 영화가 삶을 바꾸고, 그 이후 그 영화와 삶이 다르게 관계 맺어가는 과정에서 나는 영화가 살아 있다고 느낀다. 〈나가요〉를 통해 문혜인은 '랩'을 만났고, 이후 비트메이킹에도 흥미를 갖고 작업 중이다. 나는 '문혜인 배우전' 모더레이터를 준비하며 문혜인의 사운드클라우드를 찾아 듣다가 하마터면 라다처럼 랩을 해버릴 뻔했다.

나의 10대는 '영화'와 '힙합'이라는 두 바퀴 위에 안장을 얹고 위태롭게 달렸다. 그 두 바퀴가 아니었다면 나는 현재에서 벗어나 미래로 달려 나올 수 없었을지도 모른다. 그런데 언젠가부터 힙합이라는 바퀴는 열 바퀴를 돌면 아홉 번은 삐걱거렸고, 나는 그 바퀴를 음악이라는 좀 더 포괄적이고 큰 바퀴로 갈아 끼웠다. 그 음악에는 힙합이 없었다. 힙합을 내 삶에 들여놓으려면 나는 한겨울에 비키니를 입고 비싼 차 앞에서 춤을 추거나 자식을 키우다가 등골이 빠지는 어머니가 되어 사후약방문 같은 호강을 기다리거나 돈 없는 남자를 우습게 생각하는 '년'이 되어야 하니까. 처음에는 그렇게 되기 싫어 무의식적으로 남성의 위치에 나를 놓고 음악을 들을 때도 있었지만 그럴 때면 삐걱거리는 소리가 더 심하게 들렸다.

그리고 10여 년이 지나고 나는 내가 보지 못했던 힙합의 세계를 접했다. 올블랙, 무표정으로 마치 자객처럼 "할 만큼 했다"는 최삼을 만난 것이다. 무대를 방방 뛰며 생리통에 대해 랩(내꺼야)하는 '슬릭'. "칼을 숨긴 채 택시"를 탄 "알리바이 없는 여고생(Alibi)" '스월비.' 마더퍼커가 없는 힙합 세계를 발견한 순간, 늦었다는 미안함과 구조를 비트는 쾌감을 번갈아 느끼며 그루브를 탔다. 관객으로서 앉을 자리가 드디어 생긴 기분이었다.

사실 힙합은 이런 곳에 있어야 하는 게 아닐까. 백인이 원하는 흑인 극을 써야 하는 유색인 여성 극작가 라다, 그리고 성노동 아르바이트를 하며 여성혐오에 치이는 다현 옆에서 출구가 되어주어야 하지 않을까. 라다는 랩을 하면서 "40

〈위 아 40〉(위)를 떠올리면 자연스레 단편영화 〈나가요〉(아래)가 떠오른다. 두 영화의 공통점은 '랩하는 여성'이 주인공이라는 것이다.

차정윤 제공

살 버전"의 라다로 거듭나고, 다현은 직원들이 다현을 쫓아내거나 화면이 꺼져도 끝까지 랩을 한다. 그리고 〈위 아 40〉은 라다를 아주 가깝게, 〈나가요〉는 다현과 적당한 거리를 두게 하면서 이 두 래퍼를 감히 연민할 수 없게 한다.

'나가요'는 성노동 여성을 비하하는 언어다. 헌데 이 글자들 사이에 스페이스바를 한 번만 톡 누르면, 힙합에서 곡을 마무리할 때 래퍼들이 종종 외치는 "I'm out", 즉 '나 가요'가 된다. 래퍼들은 종종 저 말을 하고 마이크를 바닥에 떨어뜨리기도 한다. 〈위 아 40〉에서 라다도 그렇게 떨어뜨렸다. 그때 나는 소리 '삐익 쿵'. 그 소리는 인종차별과 성차별 문화의 심정지 소리와도 같을 것이다. I'm out.

여성 연기노동자의 삶,
프리랜서는 오늘도

〈여배우는 오늘도〉(문소리, 2017), 〈프리랜서〉(손수현, 2020)

여배우, 여배우

'여배우' 하면 무엇이 떠오르는가? 드레스, 레드카펫, 도도함, 풀메이크업, 예쁨, 젊음? 이번 글에서는 미디어에서 만들어낸 '여배우'가 지닌 틀을 깨부수는 영화 두 편을 소개하고자 한다. 두 영화에서는 납작한 '여배우'가 등장하지 않는다. 단단하고 부딪히는 '여성 연기노동자'를 만나게 된다.

여기서 '연기노동'이라는 단어가 어색하게 느껴질 수 있다. 이는 연기의 노동성을 그리 무겁게 생각하지 않는다는 뜻이기도 하다. 영화 스태프 중에는 기술팀이라고 불리는 팀들이 있다. 주로 남성들이 많이 종사하고 무거운 장비를 다루는 촬영팀·조명팀·음향팀·그립팀이 속한다. 그렇다면 연출팀·제작팀·미술팀·분장팀은 기술이 없는가? 기술이 없으면 대체 무엇으로 그들은 일하고 있단 말인가. 슬레이트를 치고, 일일 촬영계획표를 짜고, 현장을 통제하고, 진행하고, 시나리오 속 이미지를 시각화하고, 특수분장을 포함해 시나리오에 맞게 배우들을 메이크업하는 이 직군들에 과연 기술이 없다고 단언할 수 있는가?

연기 또한 기술팀이 아닌 쪽으로 분류된다. 심지어 누구나 개입할 수 있는 영역으로 여기기까지 한다. 영화의 촬영·조명·음향에 대해서는 다들 쉽게 말을 얹기가 어렵다고 생각하지만 많은 이들에게 노출되는 이 직업은 그 드러남의 대가를 혹독히 치러야만 응당하다고 생각하는 것일까?

촬영을 못하는 촬영자가 있듯이 연기를 못하는 배우가 있을 수 있다. 하지만 '발촬영'이라는 말은 들어본 적 없지만 '발연기'라는 말은 존재한다. 현재 연기는 노동으로서 정당한 평가와 대가를 받고 있는 것일까.

밴 밖의 삶

문소리 감독의 〈여배우는 오늘도〉는 총 세 편의 단편영화 묶음으로 이뤄진다. 영화의 주인공은 '소리'. 맞다, 그 문소리다. 1막·2막·3막은 모두 음악과 함께 밴 안에서 시작한다.

답답하고 좁은, '여배우'라는 단어 같은 밴 안에서 문소리는 캐스팅 실패 전화를 받기도 하고, 뛰쳐나와 소리 지르며 달리기도 하고, 옛 동료 감독의 장례식에 가기도 한다.

함께 흐르는 기묘한 음악은 한마디로 '갸웃'하게 한다. 우리가 문소리를 얼마나 알고 있는지 갸웃거리게 하는 음악으로 1막을 시작한다. 민낯의 문소리가 등장해 캐스팅 실패 전화를 받는다. 그리고 산에 간다. 말 그대로 산으로 가는데 거기서 만난 남자들 때문에 정말 산으로 가게 되어버린다. 1막은 여성 배우의 외모에 집착하는 사회를 풍자한다. 산에서 만난 한국 아저씨들은 술자리에서 또 만나는데 그들은 거기서 외모 품평을 하고, 성형 여부를 묻고, 장애인을 비하한다.

2막은 부와 명성에 대한 편견을 지적한다. 유명한 여자 배우는 모두 부유할 것이라고 여기지만 소리는 그 생각을 뒤집어보겠다는 듯 마이너스 통장을 만들기 위해 은행에 간다. 소리는 자신을 둘러싼 명성 때문에 더 피곤해진다. 대출 연장 서명을 하고 은행 직원들을 위해 사인을 해야 하며, 어머니의 임플란트를 할인받기 위해 치과에 가서 사진을 찍는다. 그러는 중에도 작품 제의는 들어오지 않고 특별출연 제의만 올 뿐. 거기에다 육아까지. 삶은 소리의 얼굴처럼 날 것이고 이따금 분칠을 하지만 이내 지워진다. 분칠하는 것을 믿지 말라는 이야기가 있다. 이는 주로 여자 배우를 향한 말로, 그들이 여우처럼 행동할 것이라는 편견이 담겨 있다. 여기서 남자들은 예외다.

문소리는 〈오아시스〉(이창동, 2002)로 베니스영화제 여우주연상을 받을 정도로 실력을 인정받은 배우이지만 영화 속 그는 맡은 시나리오가 없어 전전긍긍하는 모습이 부각된다. 남자 배우가 다양한 역할과 서사로 주목받을 때 한국 최고의 여성 배우는 나이에 태클이 걸린다. 여성 서사가 이제 막 주목받고 있긴 하지만 여전히 터무니없이 부족하다.

영화 속 소리는 자신의 삶을 가감 없이 보여준다. 부끄러워하지 않는다. 실제 배우의 이름과 배역 명이 일치하는 상황은 다큐멘터리적인 효과를 자아내며, 이에 관객은 실제 문소리와 영화 속 소리를 이어 붙일 수 있다. 그리고 영화 속 소리가 처한 현실이 허구가 아님을 영화는 명시한다. 남편 역할도 문소리의 실제 남편이 맡았고, 딸도 실제 딸과 같은 이름을 썼다.

이 영화는 철저하게 인물에 의한, 인물을 위한 영화다. 카메라는 칼같이 인물을 쫓아간다. 신을 넘어갈 때도, 컷 투를 표현할 때도 인서트를 사용하지 않는다. 대신 작아진 소리의 어깨에 집중한다. 영화가 끝나고 나면 인물보다 현실에 의문이 든다. 대체 왜 문소리 배우는, 영화 속 소리는 이런 일을 겪고 있는 걸까?

3막에서는 소리가 예술에 대해 여러 질문을 던진다. '좋은 사람이 좋은 예술가는 아니라는 법'이라는 말을 들으니 그럼 나쁜 사람은 어떤 예술가냐는 반문이 든다. 예술은 무엇일까. 배우와 연출은 무엇일까. 이런 질문을 던지며 배우 생활을 오래해온 무명배우, 그리고 예술에 사로잡혀 있는 신인배우와 함께 무덤 주변을 걷기도 한다. 그렇게 영화의 세 막이 끝난다. 3막의 예상치 못한 결말에 관객은 놀랄 수밖에 없을 것이다.

형식적인 반항

문소리가 감독과 주연을 맡은 〈여배우는 오늘도〉가 한국 영화계에 내용적으로 반항했다면, 손수현이 감독과 주연을 맡은 〈프리랜서〉는 형식적으로 반항한다. 전자가 여성 연기노동자에 대한 편견에 돌을 던졌다면, 후자는 노동에 좀 더 초점을 맞춘다. 그리고 관객에게 그들이 보는 것 중 무엇이 진짜인지 알지 못하게 한다.

영화는 동명의 주제곡 〈프리랜서〉로 시작한다. 손수현이 직접 작사·작곡하고 부른 노래가 통으로 나온다. 뮤직비디오인가 싶은데, 컷 소리와 함께 슬레이트가 등장하고 '플레이백'(촬영장에서 배우와 스태프가 촬영한 컷을 돌려보는 행위)을 외치는 목소리가 들린다. 다큐멘터리인가 싶은데 플레이백 화면에서 '액션' 사인이 나자 극영화로 바뀐다. 화면비도 바뀌고, 색감도 컬러에서 흑백으로 바뀐다.

손수현과 정수지는 각각 '연수'와 '현지'라는 프리랜서를 연기한다. 연수는 프리랜스가 흔히 겪을 법한 초조하고 불안하며 여유 없는 상황을 고스란히 드러낸다. 반면 현지는 프리랜서의 이상적인 모습을 보여준다. 수입도 넉넉하고 시간적으로도 여유 있으며 자신이 원하는 일을 한다. 극 안에서는 프리랜서의 현실과 이상이 충돌하고, 극 밖에서는 다큐멘터리와 극영화, 뮤직비디오와 극영화, 흑백과 컬러, 그에 따라 다른 화면비가 충돌한다. 그렇다면 무엇이 진짜일까. 우리는 배우를 볼 때 무엇을 보고 있는 것일까. 허투루 짐작하지 말라는 따끔한 충고가 들린다.

〈프리랜서〉의 가사를 들여다보면 배우의 삶이 더 구체적으로 그려진다. "평소에 뭐하냐 물어보지 말고 일 좀 시켜주세요. 굶어 죽을까요. 벽 보고 독백만 계속할까요. 현장에 가보니까 재밌는 것 많던데 기회 좀 나눠 쓰면 안 될까요." 가사처럼 그 기회를 균등하게 나눠 쓸 수는 없는 걸까. 문소리가 자신의 삶을 관객들에게 부끄러워하지 않고 나눴듯이 손수현도 당차게 공유한다. 상황이 이러한 것은 시스템의 문제이지 단순히 능력 때문이 아님을 알기 때문이다.

손수현은 〈프리랜서〉가 부천판타스틱국제영화제에 초청된 후 나눈 인터뷰에서 택배와 육아 아르바이트를 연기 생활과 병행했다고 말했다. 이를 두고 한 기사에서는 '유명 여배우'의 생활고를 중심에 두고 타이틀을 뽑았다. 유명 배우와 생활고를 연결시키는 것은 쉽지 않을 테니, 그 부분을 자극해 보려는 의도였을 것이다. 본업으로 생계를 유지할 수 없는 상황은 안타깝지만, 그렇다고 일을 병행하는 것 자체를 비극으로 여기는 태도는 본질을 가리게 한다. 어떤 일이든 그것은 모두 노동이다. 화려한 겉모습에 사로잡혀 노동의 가치를 외면하거나 잊어서는 안 된다.

손수현은 나눠 쓰고 싶은 '기회'를 본인이 직접 만들어냈다. 본인이 연출해 본인을 캐스팅함으로써, 시나리오를 기다려야 하는 수동적인 입장에서 시나리오를 갖고 오는 능동적인 입장으로 바꾸었다. 여성 서사 시나리오가 많고 그에 대한 응당한 대가가 주어진다면 더 이상 여성 배우는 수동적인 입장에 놓이지 않을 수 있을 것이다. 하지만 여성 배우가 설 자리는 턱없이 부족하고 경력이 많은 여성 배우도 그보다 훨씬 경력이 적은 남성 배우보다 출연료를 적게 받는 게 현실이다. 관객들은, 사람들은 이 점을 간과해서는 안 된다. 간과할수록 골은 더 깊어질 것이다.

여배우는 오늘도 프리랜서

두 영화의 가장 큰 공통점은 솔직함이다. 배우가 연출함

손수현 제공

〈여배우는 오늘도〉(위)가 한국 영화계에 내용적으로 반항했다면, 〈프리랜서〉(아래)는 형식적으로 반항한다. 전자가 여성 연기노동자에 대한 편견에 돌을 던졌다면, 후자는 노동에 좀 더 초점을 맞춘다.

으로써 할 수 있는 이야기들을 한껏 한다. 배우로서의 책임과 연출로서의 소임을 다한 셈이다. 그 솔직한 과정이 쉽지만은 않았을 것이다. 솔직함은 부끄러움을 벗을 때만 등장한다. 일찍이 두 연출은 알았을 테다. 부끄러운 것은 두 배우가 처한 상황 속 '소리'와 '수현'이 아닌, 그 '상황' 자체임을. 이제 관객이 이들의 과감함에 대답해야 할 차례다.

우리는 여성 연기노동자를 어떻게 바라봐야 할까. 두 영화의 제목을 이어 붙이니 답이 보인다. '여배우'는 오늘도 '프리랜서'. 단지 프리랜서. 돈이 떨어지면 아르바이트를 할 수도 있고 화려함 이면에 진짜 삶이 존재하는 프리랜서. 문소리 감독은 서사로, 손수현 감독은 충돌로 현실에 반항하며 표현한다. 이 이유 있는 반항에 동참하며 두 감독의, 두 배우의 다음 영화를 기다린다.

나의 기대주,
중년 여성 배우들에게

〈물물교환〉(조세영, 2015), 〈공명선거〉(박현경, 2019),
〈나의 새라씨〉(김덕근, 2019), 〈기대주〉(김선경, 2019)

중년 여성 배우들

영화 〈물물교환〉의 안민영 배우, 〈공명선거〉의 김금순 배우, 〈나의 새라씨〉의 오민애 배우, 〈기대주〉의 김자영 배우.

세상에는 멋진 배우가 정말 많다. 그 멋진 배우 중에는 백인 배우가 아닌 배우도 많고, 남성 배우가 아닌 배우도 많으며, 젊은 배우가 아닌 배우도 많다. 우리는 이 멋진 배우들을 통해 영화 속으로 들어가 새로운 세계를 체험한다. 이번 글에서는 네 편의 단편영화를 통해 독립영화와 단편영화에서 활약하고 있는 멋진 중년 여성 배우들의 세계를 보여주고자 한다.

영화 속에는 수많은 사람이 나온다. 하지만 그 수만큼 다양한 사람이 등장하지는 않는다. 스테레오타입에서 벗어나지 못한 인물들이 반복적으로 그려지는 경우가 허다하다. 남자 형사, 남자 범죄자, 남자 조폭, 청순한 여대생, 엉엉 우는 어린이 등등. 그 고정된 틀은 성별과 연령대, 외모 등에서 오는 사회적 편견을 그대로 답습한다.

그렇다면 중년 여성을 떠올려보자. 단번에 그려지는 이미지가 있을 것이다. 바로 '엄마'다. 시나리오와 크레딧에 종종 배역 이름 없이 그저 '엄마'로 적히는 경우도 있다. 심지어 나는 시나리오에 주인공 엄마의 이름 석 자를 그대로 적는 것보다 '엄마'라고 적어야 투자자들에게 감흥을 더 불러일으킨다는 피드백을 받은 적도 있다.

사회의 고정관념은 호칭에서 드러난다. 10대와 20대로 보이는 사람에게 '학생'이라고 부르는 것, 중년 여성에게 '어머님'이라고 부르는 경우가 그러하다. 영화에서는 그 호칭이 배역 명이다. 본디 관계성을 드러내는 상대적 표현인 '엄마' 영화에서 종종 절대적 호칭으로 쓰인다. 젊은 연령대를 1인칭 '나'로 상정한 뒤 나에게 그 상대가 어떤 역할을 하는지, 어떤 거리를 갖는지 표현한 언어가 바로 '엄마'다. 한마디로 '엄마'는 주체성이 결여된 언어다. 모든 엄마 역이 수동적이라는 뜻이 아니라, 그들에게도 고유한 이름이 있다는 뜻이다.

여성 배우들의 역할은 남성에 비해 더 틀에 박혀 있다. 특히 연령과 외모에 따라 납작하게 해석되는 경우가 많다. 마치 정해진 버스노선 같다. 10대에는 청순한 첫사랑 여학생이 정류장에 서 있는 것에서 출발해 20대에는 젊고 예쁜 여자 정류장을 거쳐 돌연 엄마 정류장에 정착하는 것이다. 여성 배우들은 일정 나이를 지나면 모두 엄마가 되어야 하는 것일까? 그 사이에 무수히 많은 정류장이 있지 않을까? 엄마 다음에는 무엇이 있을까? 그 외의 노선도 있지 않을까?

연대하는 중년 여성들

물론 영화에도 갈수록 다양한 여성 캐릭터가 등장한다. 특히 자본의 개입이 덜한 독립영화와 단편영화에는 화장하지 않은 젊은 여성, 주체적인 어린이, 그리고 엄마가 아닌 중년 여성이 등장해 그간의 갈증을 조금이나마 해소시켜주고 있다. 〈물물교환〉 속 안민영 배우는 남성 중심의 건설 노동 현장에서 아르바이트를 하는 중년 여성으로 등장한다. 이 여성은 긴 쇠막대기를 들고 공사장으로 오는 차량이나 사람을 제지하는 일을 한다. 남성인 관리소장의 성추행이 연일 이어지지만 일을 해야 삶을 지속할 수 있기에 참아낸다. 폐자재를 주우러 수레를 끌고 오는 노년 여성을 막는 장면에서 갈등은 배가 된다. 노년 여성은 소장에게 폐자재를 가져가겠다는 의사를 담아 한라봉을 줬는데, 소장이 그 한라봉을 중년 여성에게 임금 대신 줘버린 것이다.

또한 〈물물교환〉에는 중간중간 소장의 차에 장착된 블랙박스 영상으로 추정되는 컷들이 나온다. 영화 자체가 블랙박스 영상으로 시작하기도 한다. 소장의 추행이 점점 심해지는 극 중간에는 길을 지키는 중년 여성을 바라보는 것 같은 블랙박스 영상도 등장한다. 가해자인 소장의 시점에서 바라보는 불쾌한 숏이다. 후반부에 이르면 이 시선이 여성의 분노로 파괴된다. 중년 여성은 약자끼리 갈등하도록 부추기는 잔인한 구조와 남성의 시선을 부수고, 노년 여성과 연대하는 쪽을 선택한다. 노인 빈곤을 상징하는 '손수레'에 노년 여성을 태우고 마치 산타와 루돌프처럼 어둠 속으로 달려간다. 두꺼운 옷으로 꽁꽁 싸매고, 쇠막대기를 들고 우뚝 서 있던 여성은 여전히 같은 모습이지만 이제 함께하는 사람이 생겼기에 웃는다. 시종일관 인상을 쓰던 안민영 배우가 마지막 숏에 이르러 풀린 것이다.

〈공명선거〉에도 중년 여성 노동자가 등장한다. 마트에서 해고되고 무소속 구의원 선거캠프에 돈을 벌기 위해 들어간 예선(김금순)이 바로 그 인물이다. 예선은 선거운동 불법행위를 신고하면 포상금을 준다는 조항을 접한 후 후보를 면밀히 지켜본다. 그런데 하필 그 후보는 청렴하기 그지없다. 조항을 살짝 어겨 신고해보려고 하지만 해당 규정이 독소조항임을 깨닫고 분노한다.

〈물물교환〉, 〈공명선거〉는 중년 여성 노동자들이 겪을 법한, 고용 불안에 시달리며 저임금을 받거나 돌연 해고당하는 상황을 그대로 보여준다. 2021년 새해 첫날, LG트윈타워 청소노동자 전원이 집단해고를 당했으며, 2019년 6월에는 1,500여 명의 톨게이트 요금수납 노동자가 해고당하기도 했다. 그들이 투쟁했던 것처럼 영화 속 여성들도 각자의 방식으로 부당함에 맞선다. 영화에서 예선은 마트에서 해고된 첫 장면과 선거법의 과한 규제를 인지한 마지막 장면, 이렇게 두 곳에서 언성을 높인다. 예선 역을 맡은 김금순 배우는 이 두 '화'를 철저히 다르게 표현한다. 자신이 처음 부당한 일을 당했을 때보다 자신보다 더 권력 있는 자가 부당함을 겪을 때 더 크게 분노한다. 이 차이는 나보다 다른 사람의 처지에 더 앞장서겠다는 선심에서 비롯된 것일 수 있고, 부당함을 연이어 목격한 자가 더 이상 참지 못해 촉발된 것일 수도 있다. 부조리를 마주하게 되는 상황은 매번 다르고 그에 따라 감정도 매번 다르다. 그 결을 무시하고 단순히 억울함으로 퉁쳐버릴 수는 없다.

그렇다고 완전히 다른 일로 규정할 수도 없다. 어쩌면 예선은 먼저 부당한 일을 겪은 사람이었기에 타인이 겪은 부당한 일을 외면할 수 없었을 테다. 같기도 하고 다르기도 하다. 〈공명선거〉 속 김금순 배우의 연기는 이 모두를 담는다. 타인의 부당함에 공감하되, 온전히 내 경험의 틀로 해석해 다 아

조세영 제공

박현경 제공

〈물물교환〉(위)과 〈공명선거〉(아래)는 중년 여성 노동자들이 겪을 법한, 고용 불안에 시달리며 저임금을 받거나 돌연 해고당하는 상황을 그대로 보여준다.

는 것으로 치부하지 말기.

〈나의 새라씨〉에는 새라 역을 맡은 오민애 배우뿐 아니라 전소현, 김자영 등 멋진 여성 배우들이 등장해 오랫동안 쌓아온 장검 같은 연기를 펼친다. 새라의 이름은 사실 '정자'다. 그는 서울에서 여러 실패를 겪은 후 '새라'라는 가명으로 다시 고향에 돌아와 도축 공장에서 일을 시작한다. 도축 공장의 노동자들은 대체로 중년 여성으로, 관리인·실장 등은 남성으로 그 전형성을 갖는다. 신입인 새라는 기존 직원들이 가하는 텃세에도 쉽게 굴하지 않는다.

영화는 한 여성이 인생에서 겪은 실패를 남성의 부재 때문으로만 설명하지 않으며, 실패를 극복하는 과정 역시 남성이나 타인의 도움을 통해서가 아닌 새라 스스로 과거를 받아들이며 주체적으로 일어서는 방식으로 담는다. 게다가 오민애의 카리스마 넘치는 연기 덕분에 실패를 겪는 인물이 나약하게 보이지 않는다. 인생의 실패는 인간의 나약함에서 비롯된 결과가 아니다. 그리고 그 실패와 변화를 서툴게 받아들이는 것 또한 나약함의 문제가 아님을 영화는 보여준다. 새라의, 정자의 얼굴이 앵글 가득 찬 마지막 클로즈업 숏을 마주하면 심장이 쿵하고 떨어질 수밖에 없다. 인생의 굴곡을 부끄러워하고 숨기던 사람이 그것을 온전히 받아들이게 된 순간을 포착하기 때문이다. 그 순간의 힘은 미래의 어떤 고바위도 넘어갈 수 있는 원동력이 될 것이라고 관객들에게 강렬하게

김덕근 제공

새라, 즉 정자의 얼굴이 앵글 가득 찬 마지막 클로즈업 숏은 인생의 굴곡을 부끄러워하고 숨기던 사람이 그것을 온전히 받아들이게 된 순간을 포착한다.

전한다.

앞서 언급한 세 영화 속 중년 여성 배우들은 엄마이기도 하지만 엄마'만'은 아니다. 〈물물교환〉 속 여성은 부엌이 아닌 건설 현장에서 일하며, 〈공명선거〉의 예선은 앞치마 대신 마트 조끼와 선거운동복을 입으며, 〈나의 새라씨〉의 정자는 앞치마와 고무장갑을 걸치지만 그것은 노동자로서 일하기 위한 복장이지 부엌에서 상차림을 위함이 아니다.

〈기대주〉에서 김자영 배우가 연기한 명자는 부엌으로 간다. 그곳에서 그녀는 요리도 하고 밥도 차린다. 하지만 '엄마'와는 확연한 차이가 있다. 가족이 아닌 자기 자신을 위해 밥을 차리는 것이기 때문이다. 명자는 중학생 지규와 함께 아마추어 수영대회 팀원을 뽑는 최종 엔트리에 올랐다. 시합을 앞두고 명자는 오로지 자신을 위해 한 상을 준비한다.

시합 후 명자는 끝내 실망하지만 그 결과, 즉 기대주가 아니라는 점에 대해 울거나 분노하지 않는다. 배달음식을 시켜 먹을 뿐이다. 그런데 그 맵고 짠 음식을 먹는 모습이 자신에 대해 더 이상 기대하지 않음을, 잠깐 품었던 정성을 다할 미래가 없어졌음을 통렬하게 전달한다. 사회는 흔히 중노년을 미래와 희망이 없는 대상으로 치부한다. 젊음에 익숙한 방식으로 시스템을 계속 바꾸면서 거기에 적응하지 못한다고 비난하고, 그들 스스로 무용함을 느끼도록 강요한다. 가족의 부속품인 엄마가 아닌 개개인으로 존재할 수 있는 가능성을 가로막는다. 〈기대주〉에서도 다들 명자에게 수영 출전 자리를 내주라고 은근히 권한다. 이를 배반하면 억척스럽고 유난인 사람인 것처럼 분위기를 조장한다.

저마다의 방식과 리듬으로

다시 명자의 식탁 앞으로 돌아가 본다. 정성스레 차려진 한 상 앞에서 김자영 배우가 살짝 웃는다. 좀체 다른 영화에서는 찾아보기 힘든 미소다. 누구든 새로운 도전을 앞둔다면 자신이 발전할 미래를 상상하고 설렐 터인데 왜 중노년에게는 기회가 주어지지 않을까. 오히려 그들은 도전을 싫어하고 안주하기를 원한다고 쉽게 판단해버린다.

2019년, 〈기대주〉가 아시아나국제단편영화제에서 대상을 탔을 때, 김선경 감독의 수상 소감 첫마디를 잊을 수 없다. "사람마다 삶의 방식이 다른데"까지 말하고는 호흡을 가다듬는 모습. 맞다. 사람들은 저마다 방식이 다르고 리듬도 다르다. 정해진 버스노선 같은 것은 없다. 그렇다고 '엄마'의 역할이 다른 역할보다 덜 중요하며 부정적이라는 의미는 아니다. 하지만 '엄마'만 있다면 문제다. 부딪히고, 분노하고, 연대하고, 도전하고, 실패하고, 기대하는 중년 여성의 다양한 모습이 지워지기 때문이다.

'기대주', '라이징 스타'라고 하면 흔히 10대와 20대의 배우를 떠올릴 것이다. 사실 저 단어들은 이미 종횡무진 활약하고 있으며 엄청난 필모그래피와 연기력을 가진 네 배우에게는 실례인 표현일 수 있다. 그러나 멋진 지금보다 더 멋질 내일이 기대되는 것은 어쩔 수 없다. 1947년생 윤여정 배우가 꾸준히 새로운 내일을 개척해나가고 있는 것처럼 말이다.

안민영 배우는 어느 GV에서 단편영화는 주로 젊은 감독들이 많이 찍는데, 그때 중년은 주로 딸이나 아들의 입장에서 그려지는 경우가 많다며, 올려다보는 시선이 아닌 있는 그대로 중년 캐릭터를 보여주는 시선이 필요하다는 점을 강조했다. 김금순 배우는 〈선풍기를 고치는 방법〉(손수현, 2020)에서 수트를 입고 총을 쏘는 멋진 느와르 연기를 선보였다. 오민애 배우는 직접 촬영과 편집까지 하며 유투브 채널을 운영 중이다. 정치인이나 장관 연기를 해보고도 싶단다. 김자영 배우 또한 수동적이고 소모적이지 않은 중년 캐릭터에 대한 갈증이 있다고 한다.

네 배우를 비롯해 위대한 중노년 여성 배우들이 스크린을 가득 메울 미래가 기다려진다. 그 미래를 당기기 위해 관객은 이 배우들을 꾸준히 지켜봐야 한다. 제작자는 편견과 보수적 사고를 넘어서야 한다. 연출부는 시나리오 글자 포인트를 12 이상으로 조금 더 크게, 모아 찍지 말고 한 면에 인쇄해야 한다. 나의 기대주 김금순, 김자영, 안민영, 오민애 배우님,

김선경 제공

〈기대주〉의 주인공 명자의 모습. ‘엄마’의 역할이 다른 역할보다 덜 중요하며 부정적이라는 의미는 아니다. 하지만 ‘엄마’만 있다면 문제다. 부딪히고, 분노하고, 연대하고, 도전하고, 실패하고, 기대하는 중년 여성의 다양한 모습이 지워지기 때문이다.

그리고 모든 중년 여성들에게 존경과 사랑, 응원과 감사, 연대와 포옹을 보내며 글을 마무리한다.

5

당신의 시점 속에는 무엇이 있나요?

같이, 혼자 사는 사람들

〈혼자 사는 사람들〉(홍성은, 2021)

고독, 그리고 같이

18살 여름방학, 내게 고독이 밀려왔다. 인간관계가 다 부질없다는 생각이 들었다. '인생은 혼자다. 혼자 사는 것이다.' 그렇게 되뇌며 고등학교 2학년 2학기를 맞이했다. 그 누구와도 대화하지 않았다. 나의 급변에 친구들은 편지를 보내왔지만 나는 그 다정함을 오지랖이라고 생각했고 내민 손을 잡지 않았다. 그렇게 쭉 나는 혼자가 편한 채로 살아왔다.

'혼자'인 영화 속 주인공들에 몰입했던 건 당연한 일일 것이다. 〈아멜리에〉(장피에르 죄네, 2001)의 아멜리(오드리 토투)는 어린 시절부터 고독했다. 누군가와 관계를 맺는 것보다 혼자 일상을 살아가는 게 훨씬 익숙했다. 〈아멜리에〉의 오프닝 시퀀스는 혼자 할 수 있는 놀이들을 하는 어린 아멜리의 모습으로 채워진다. 〈수면의 과학〉(미셸 공드리, 2006)의 스테판(가엘 가르시아 베르날)도 그러했다. 누구에게도 이해받을 수 없었고 이에 외로웠다. 〈5시부터 7시까지의 클레오〉(아녜스 바르다, 1962)의 가수 클레오는 건강검진을 받고 불안에 떠는데 아무도 그런 모습을 이해해주지 않는다. 고독과 불안에 몸부림치듯 〈당신 없이(Sans toi)〉를 부를 때 나는 눈물이 흘렀다. 이들과 친구가 된 기분으로 살았다. 나에게는 그것이면 충분했다.

아멜리는 결국 사랑을 찾아 둘이 되었다. 스테판은 사랑에 실패하고 꿈으로 도피했다. 클레오는 누군가를 만나 걸으며 대화를 나눴다. 〈혼자 사는 사람들〉의 속 주인공 유진아(공승연)도 혼자지만 누군가와 둘이 되지도, 그에 실패하지도 않는다. 유진아는 같이, 혼자 사는 방법을 터득한다. 나는 감히 유진아와 친구가 됐다고 하기는 어려웠다. 하지만 같이 살고 있다는 감각만은 온전히 느낄 수 있었다.

원 숏의 진아

영화는 콜센터 직원 진아의 원 숏으로 시작한다. 무표정으로 콜을 응대하는 진아의 모습은 사실 원 숏이 아닐지도 모른다. 초점이 맞지 않는 장면 뒤로 콜센터 노동자들의 하루가 보인다. 무례한 고객의 전화에 당황해 눈물을 흘리고, 이에 노련한 상사가 달려와 대신 전화를 받는다. 하지만 진아는 이를 볼 수 없다. 진아의 원 숏 뒤에서, 원경에서, 초점이 맞지 않는 곳에서 벌어지는 일들이기 때문이다. 담배를 태울 때도 마찬가지다. 포커스 아웃된 곳에서는 사람들이 삼삼오오 이야기를 나누지만 진아가 홀로 담배를 태우는 원 숏처럼 비워진다. 그렇다. 진아는 다른 이의 생활에 포커스를 맞출 여력도, 관심도 없다.

하루종일 콜을 받아 귀가 아플 법한데 진아는 점심 시간에도 퇴근 시간에도 이어폰을 끼고 스마트폰으로 영상을 본다. 홀로 귀가한 불 꺼진 집에서도 목소리들이 들린다. 켜놓고 나간 텔레비전에서 울려퍼지는 목소리다. 진아는 과연 혼자인 걸까? 진아는 고독을 잘 견뎌내는 사람인 걸까? 하루종일 진아의 귀에는 사람들의 목소리가 들리는데……

진아의 P.O.V(point of view, 인물의 시점 숏)에는 사람이 없다. 텔레비전 영상, 점심 시간마다 늘 먹는 쌀국수 1인분, 반찬처럼 놓여 있는 스마트폰 먹방, 콜센터 모니터 화면, 엄마의 유언 공정 증서, 유류분 반환 포기 각서 등과 같은 사물만 보일 뿐이다. 그런데 과연 사람이 없다고 할 수 있을까. 스마트폰 속 실재하는 사람들을 '스마트폰'이라고만 칭해야 할까. 진아의 고독을 보면 많은 의문이 든다.

영화는 진아의 원 숏과 시점 숏이 톱니바퀴를 맞춰 돌아가듯 안정적으로 순항한다. 고독을 연료로 넣고 일상의 배는 빠르지도 느리지도 않게 항해한다. 직장 상사와 대화를 나누는 투 숏도 잠시뿐 재빨리 원 숏으로 돌아온다. 보통 대화를 나누는 두 사람을 촬영할 때면 둘이 앉아 있는 투 숏을 큰 사이즈로 먼저 잡은 뒤, 대화를 듣는 사람의 어깨가 걸리고 대화하는 사람이 보이는 오버 더 숄더 숏(over the shoulder shot)을 번갈아 사용한다. 그러나 이 영화는, 아니 진아는 그조차, 타인의 어깨 한켠조차 허락하지 않는다. 각자의 측면 원 숏을 번갈아 사용할 뿐이다. 그러면서도 또 한 번 거리를 둔다. 상사의 노즈 룸(nose room, 인물의 코부터 프레임 끝까지의 거리)보다 진아의 노즈 룸을 길게 잡음으로서 진아가 상대를 멀리 두고 있음을 보여준다.

진아와 아빠의 투 숏 또한 거리가 멀다. 둘이 아빠 집에서 소파에 나란히 앉아 있는 신이 있다. 진아는 역시 앞쪽의 텔레비전에 시선이 가 있다. 마치 콜센터에서 모니터 화면을 볼 때처럼 진아는 앞만 보고 고개를 돌리지 않는다. 둘 사이의 거리가 워낙 멀어 원 숏씩 찍어 합성했다고 봐도 무방할 정도다. 엄마의 유산 처리를 위해 변호사가 와 작은 상에 아빠, 변호사, 진아 셋이 앉는데 이때도 마찬가지다. 아빠와 변호사가 한쪽에 앉고 진아가 모서리를 사이에 두고 홀로 앉아 있는 장면에서 변호사와 아빠를 비출 때는 진아의 어깨가 살짝 걸리는 오버 더 숄더 숏을 사용하지만, 진아의 바스트 숏,

원 숏에서는 아무도 방해할 수 없다.

콜센터 상사와 담배를 태울 때도 모니터를 바라보는 콜센터 직원들처럼 나란히 서서 담배를 태운다. 고개를 돌리지 않는 진아의 삶에 과연 누가, 어떻게 진아의 프레임과 시점 숏으로 들어갈 수 있을지 궁금해진다.

시점 숏의 변화

진아의 시점 숏에 처음으로 다른 이의 손이 보인다. 바로 옆집 남자가 담배를 끄는 손이다. 이 시점 숏 이후로 진아의 고독한 순항은 방해받는다. 이후 진아의 시점 숏에 온전한 사람이 들어온 것은 바로 새로 들어온 직장 후배 박수진이다. 신입을 교육해야 하는 진아의 파티션에는 두 개의 의자가 놓인다. 마주보는 것은 아니지만 꽤 가까운 투 숏이 만들어졌다. 하지만 진아는 순순히 내어주지 않는다. 일하는 진아는 마치 수진이 옆에 없는 듯이 다시 원 숏으로 돌아온다.

수진은 계속 진아와 함께하기 위해 노력하지만 진아는 받아주지 않는다. 점심 시간, 함께 식사하려고 쫓아온 수진을 찬밥 취급하고 심지어 떨어져 앉아 식사한다. 영화는 진아를 야박하게 비추지 않는다. 어떻게든 자신의 고독한 일상을 유지하고자 하는, 유지해야만 평온한 진아를 그저 같은 앵글로

한국영화아카데미(KAFA) 제공

〈혼자 사는 사람들〉은 혼자 사는 진아의 이야기이기도
하지만 수많은 혼자 사는 사람들의 이야기이기도 하고,
혼자 사는 진아가 혼자 사는 사람들을 바라보게 된
이야기이기도 하다.

바라볼 뿐이다. 그런 진아가 고개를 돌려 수진을 바라보는 일이 생긴다. 수진이 진상 고객의 콜을 받았을 때다. 수진은 무조건 죄송하다고 하라는 진아의 말에 이렇게 대답한다. "제가 왜 죄송해야 해요?" 작은 목소리로 말하는 수진을 진아는 멍하니 바라본다. 처음 누군가를 온전히 보는 진아의 시점 숏은 이질적으로 느껴질 정도다. 기운이 하나도 없지만 죄송할 일 또한 하나도 없는 수진의 옆모습에 진아가 고개를 돌린 것이다.

수진은 얼마 뒤 회사를 나오지 않는다. 그런 수진에게 진아는 전화해 진심 어린 사과를 한다. 어쩌면 자기도 혼자 하는 일을 잘 못하는 것 같다고 덧붙인다. 진아는 사과하지만 억지로 함께하지는 않는다. 진아는 같이, 또 혼자 사는 방법을 터득한다. 이어폰을 끼지 않고 스마트폰을 보지 않은 채 버스에 앉아 창밖을 내다보는 진아의 얼굴 위로 거리가 아른거린다.

우리는 같이 혼자 사는 방법을 터득했다

나는 오래도록 혼자 살고 싶었다. 하지만 가족이 계속 반대하자 나는 술집을 전전하며 매일 혼자 술을 마셨다. 바에 앉아 가장 싼 맥주를 시켜 벌컥벌컥 마셨다. 그럼 나처럼 혼자 온 사람들이 바 옆에 나란히 앉아 멍하니 술을 마셨다. 마치 콜센터 모니터를 보는 영화 속 사람들처럼. 그때 나는 진아처럼 고개를 돌리지 않았다.

몇 년 전, 처음으로 혼자 나와 살기 시작했다. 혼자 사는 것이 너무나도 절실했던 나는, 이를 절대 이해하지 못하는 가족들을 뒤로한 채 야반도주를 했다. 혼자 살고 보니 모든 게 좋았다. 들어왔을 때 불 꺼진 집과 혼자 먹는 밥, 그리고 내가 선택한 고요함이 나를 충만하게 했다.

겨울이 되자 문제가 발생했다. 집이 너무 추웠다. 영하로 떨어지는 날에는 근처에 사는 따뜻한 친구네로 가서 잠을 잤다. 그것이 반복되다 보니 친구와 함께 살게 되었다. 월세는 줄었지만 혼자만의 영역 또한 줄었다. 결국 우리는 서로를 불편해했다. 혼자 살았을 때 가졌던 각자의 존재감이 이제는 서로에게 너무 커져서 둘이 있으면 작은 대화든, 집안일이든 무언가를 해야 할 것만 같았다.

시간이 흘러 우리는 같이 혼자 사는 방법을 터득했다. 아랫집에 이사 온 친구들도 그러했다. 우리는 혼자 있고 싶은 시간을 존중해주었고, 넷이 한 집에 모여도 말 한마디 없이 각자 일을 했다. 그러다 같이 시간을 보내고 싶을 때는 함께 밥을 먹고 술을 마셨다. 나의 시점 숏에도 사람들이, 친구들이 들어오기 시작했고 혼자 있기 원할 때는 다시 사물만 바라보는 게 가능해졌다.

영화의 제목은 '혼자 사는 사람'이 아닌 '혼자 사는 사람들'이다. 영화는 주인공을 쭉 따라가면서도 〈아멜리에〉나 〈5시부터 7시까지의 클레오〉와는 다르게 인물의 이름 대신 복수를 칭하는 '들'을 붙여 〈혼자 사는 사람들〉을 완성했다. 이는 혼자 사는 진아의 이야기이기도 하지만 수많은 혼자 사는 사람들의 이야기이기도 하고, 혼자 사는 진아가 혼자 사는 사람들을 바라보게 된 이야기이기도 하다. 또한 자신을 단수의 혼자 사는 사람이 아닌 복수의 혼자 사는 사람들로 정체화한 이야기이기도 하다.

혼자가 편하다고 말하는 시대다. 맞다. 혼자는 편하다. 하지만 온전한 혼자가 불가능한 시대이기도 하다. 아플 때는 병원에 가야 하고, 의사 선생님을 만나야 한다. 홀로 식재료를 산다고 해도 그것을 심고 키워낸 다른 사람이 필요하다. 구태여 누군가와 함께할 필요는 없다. 그저 그 감각을 잃지만 않으면 된다. 내 원 숏 뒤 초점이 나간 원경에 수많은 혼자가 있다는 것을. 그러자 수많은 혼자의 시점 숏이 궁금해진다. 당신의 시점 숏에는 무엇이 있나요.

> 여름이었다,
> 여름이고, 여름일 것이다.
> 하지만
>
> 〈무스탕〉(데니즈 겜즈 에르구벤, 2015)

여성에게는 국가도, 가족도 없다

'토끼 같은 자식, 여우 같은 마누라.' 흔히 들을 수 있는 이 표현에는 남편·아버지·남성을 칭하는 단어가 하나도 없으나 남성은 주체로, 여성은 대상으로 설정되어 있다. 데니즈 겜즈 에르구벤 감독의 영화 〈무스탕〉은 남성 중심 사회에서 '토끼 같은 자식과 여우 같은 마누라'라는 두 가지 선택지만 가진 다섯 자매에 관한 이야기다.

〈무스탕〉은 여름을 배경으로 삼은 여름 영화지만 아름다운 햇빛을 담지는 않는다. 해는 따가우며, 더위를 식혀줄 막간의 바람조차 차단된다. 하지만 끝내 당신의 마음 가장 깊은 곳까지 시원하게 부는 바람을 선사할 것이다. 그 바람은 어디선가 불어오는 바람이 아니다. 바람의 비밀은 글의 끝에 공개하겠다. 보수적인 터키의 작은 마을에서 다섯 자매가 할머니, 삼촌과 함께 살고 있다. 무더운 하굣길, 다섯 자매는 바닷가에서 잠시나마 더위를 식힌다. 또래 남학생들과 함께 놀며 기마전을 하기도 한다. 이를 본 옆집 아줌마가 자매의 할머니에게 그 사실을 알린다. 재밌게 놀고 돌아온 자매들을 기다리는 건 할머니의 무서운 '검사'다. 아랫도리를 남자들에게 비비지 않았냐며 한 명씩 방으로 데리고 들어간다. 남은 자매들은 일제히 문을 두드리며 들어간 자매의 석방을 요구한다.

첫 시퀀스부터 당황스럽다. 현실과 동떨어져 있다. 2015년 개봉작에 이런 장면을 담을 수 있다는 것이 놀라웠다. 그러나 내가 느낀 거리감은 사실 허상이다. 안도하고 싶은 일순간의 허상. 기마전을 했다고 검사당하는 어처구니없는 일이 정말 지금은 없을까?

2021년, 안타깝게도 아직 어느 국가에든 성차별이 존재한다. 그 양상에 정도 차이가 있고 그 모습은 다양하다. 손가락 모양 때문에 난리가 났던 나라가 있다. 기타 피크를 집는 듯한, '조금'을 표현하는 것 같은 손가락 모양 때문에 대한민국의 몇몇 기업은 사과를 해야 했다. 남성 성기를 비하하는 손 모양이라며 남성 중심 사이트에서 거세게 의견을 냈던 것이다. 그 이미지를 사용한 기업 중 한 곳은 해당 디자이너를 찾았는데, 심지어 남성이었다.

머리가 짧다고 페미니스트라는 '논란'이 이는 나라가 있다. 올림픽 양궁 금메달을 딴 여성에게 어처구니없는 오발을 날리면서 메달을 박탈해야 한다는 주장까지 나오고 그에 정치판이 가세하기도 한다. 외신들은 이런 문화가 대한민국에 존재한다는 것에 충격받아 이를 'sexual abuse', 즉 성적 학대라고 표현하기도 했다.

디지털 집단 성폭력 N번방, 불법 촬영, 룸살롱, 텔레비전만 틀면 성범죄를 저지른 연예인이 나와서 깔깔대는 나라에 사는 내가 과연 저들이 겪는 성차별과 거리를 둘 수 있을까. 서로 다른 성차별의 양상을 비교하며 경중을 나누는 것 자체가 우스운 일 같다. 우리는 거리를 둘 수 없다. 국가마다 다르지만 좀 더 자세히 들여다보면 새로운 것이 보인다. 친구들과 이야기를 나누다 보면 가족마다 가부장의 모양새가 조금씩 다르다. 다양해서 더 화가 난다. 가스라이팅 양상도 아주 다채롭기 그지 없다.

여성에게는 국가도 가족도 없다는 말이 중의적으로 다가온다. 법과 제도로 지켜줄 국가와 품으로 지켜줄 가족이 없다는 의미, 그리고 국경과 혈연을 넘어서서 연대할 수 있다는 의미로 읽힌다. 친족 내 성폭력을 당한 내가 가족에게 폭언을 당한 너의 일에 분노하지 않을 수 없는 것 말이다.

나는 영화관에서 홀로 〈무스탕〉을 보고 나와 뜨거워진 가슴을 주체할 수 없었다. 당시에는 나를 포함해 각자 집에서

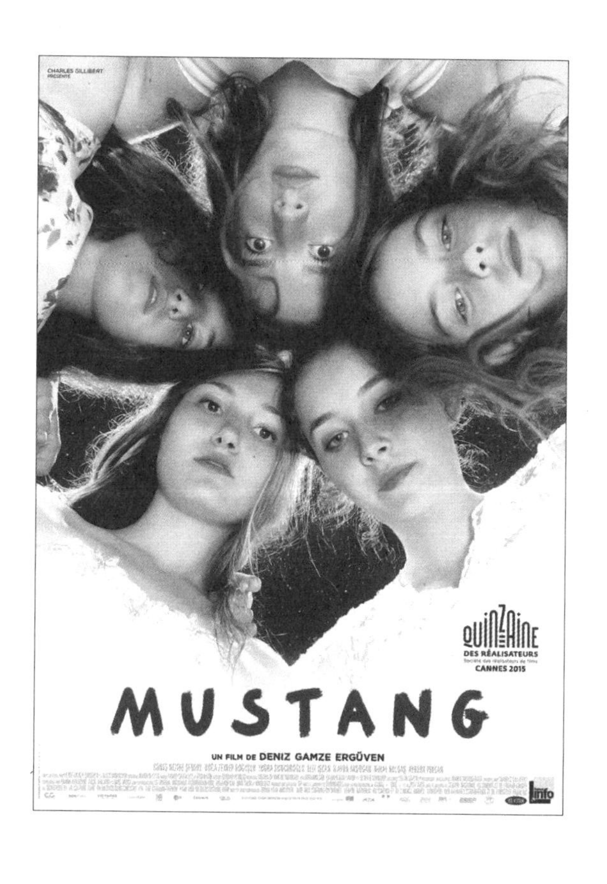

〈무스탕〉은 남성 중심 사회에서 '토끼 같은 자식과
여우 같은 마누라'라는 두 가지 선택지만 가진
다섯 자매에 관한 이야기다.

차별받으며, 집에 가고 싶지 않아 술집을 전전하던 친구들이 있었다. 약속하지 않아도 술집에 가면 그 친구들이 있었다. 그 친구들을 만나 술집에서 이 영화 이야기를 실컷 했다. 그즈음 만들었던 노래가 〈가스등〉(신승은 작사·작곡)이다. "내 집이 생기면, 고마운 친구들 모아서, 비루한 안주에 소주를 나눠 마실 거야. 눈물을 담을 작은 용기를 집들이 선물로 가져다주겠니"로 끝나는 노래다.

보여주지 않고 보여주는 영화

아무튼 〈무스탕〉에서는 바닷가 '사태' 이후 할머니와 삼촌이 점점 더 이 자매들을 옥죈다. 할머니는 이들에게 '여우 같은 마누라'가 되기 위한 신부 수업을 시작하고, 삼촌은 이들이 함부로 외출하지 못하도록 집에 철창을 친다. 그러는 중에도 다섯 자매는 방안에서 프레임을 사이좋게 메꾸며 햇빛을 맞는다. 그들이 나누는 우애를 그릴 때만큼은 카메라도 미간을 피는 것 같다. 하지만 가득 차던 화면이 점점 비워진다. '토끼 같은 자식'이 차례로 '여우 같은 마누라'가 되기 위해 시집을 '보내진'다. 처음 보는 남자애와 첫째를 앉힌 채 여자 어른들이 차를 마시며 동의한다. 이후 남자 어른들이 들어와 동의하면 이어지는 건 결혼식이다.

그렇게 첫째가 가고, 둘째도 간다. 셋째는 더 멀리 간다. 다섯이 채웠던 프레임이 서서히 비어간다. 영화의 시점도 다섯 자매의 시점에서 이제 남는 자인 막내 랄리의 시점으로 옮겨간다. 관객을 남는 자에 위치시켜 끝까지 방법을 찾게 한다. 그 와중에 충격적인 일이 벌어진다. 바로 삼촌이 자매들을 성폭행한 것이다. 이 영화가 이를 연출한 방식에 대해서라면 나는 반나절 내내 이야기하고 싶다. 그리고 남은 반나절은 그렇게밖에 연출하지 못한 영화를 비판하고 싶다.

컷 바이 컷으로 설명을 시작하려 한다. 시간은 밤이고 장소는 랄리와 넷째 누르의 방이다. 1컷. 자다가 소리에 뒤척이는 랄리./ 2컷. 방에서 조용히 나가는 삼촌./ 3컷. 1컷과 같은 랄리의 반응 숏, 그리고 오프 사운드로 할머니의 목소리가 들린다. “뭐 한 거야? 뭐 한 거냐고! 내가 묻잖아.”/ 4컷. 랄리가 1층에 있는 할머니와 삼촌에게로 내려간다./ 5컷. 랄리의 시점 숏으로 보이는, 당황하는 삼촌과 할머니. 할머니가 아직 안 잤느냐고 묻는다./ 6컷. 랄리의 바스트 숏, “목이 말라서요.” 단호하게 대답한다./ 7컷. 침대에서 뭔가를 황급히 지우는 누르./ 8컷. 방으로 들어온 랄리가 묻는다 “안 자?”/ 9컷. 누르가 당황하면서 잘 거라고 눕는다.

이 모든 과정에서 성폭행을 묘사하거나, 노출하거나, 사운드로 은유한 컷은 단 하나도 없다. 하지만 명확히 알 수 있다. 삼촌이 누르에게 성폭행을 저질렀다.

구소련 영화감독 쿨레쇼프가 실험해 이름 붙인 '쿨레쇼프 효과'(Kuleshov Effect)가 있다. 무표정인 남자 사진에 빵 사진을 붙이면 사람들은 '배고픔'으로, 아이의 관 사진을 붙이면 '슬픔'으로 해석한다는 것. 영화에는 컷이 있다. 그리고 컷으로 보호할 수 있는 것들이 있다. 날아가는 주먹 숏 다음에 멍을 문지르는 사람의 숏을 붙이면 직접 액션 신을 보여주지 않아도 폭력을 표현할 수 있다. 멍을 문지르는 사람의 숏 다음에 주먹을 후후 부는 사람의 숏을 붙여도 마찬가지다. 우리는 흔히 영화를 본다고 표현하지만 사실 컷과 컷 사이의, '본 것'과 '본 것' 사이의 '보이지 않는 것'을 보는 셈이다. 관객의 눈은 바늘이 되어 컷이라는 천을 꿴다. 그렇게 한 편의 영화가 나온다. 어떤 영화는 보여주지 않고도 충분히 보여줄 수 있다.

시각적인 쾌감에 의존해 트라우마적인 신을 연출하는 감독이 있다. 〈추격자〉(나홍진, 2008)는 성폭행·살인 피해 여성의 모습을 풀 숏에 이어 클로즈업으로 다시 잡았다고 비난받았다. 우리가 영화를 보는 이유는 무엇일까. 시각적인 쾌감으로 가해자가 되고 싶은 마음을 대신하기 위해서일까? 그때 무엇이 남을까? 다시 말하고 싶다. 여러 번 말하고 싶다. 영화에는 컷이 있다. 컷으로 보호할 수 있는 것들이 분명히 있다. 그래서 보여주지 않으면서 표현할 수 있다. 다른 이야기는 변명이다.

무스탕, 랄리

이 힘든 서사로부터 카메라가 인물들을 지켜내는 방법은 이뿐만이 아니다. 영화는 대체로 핸드헬드로 촬영했는데 예외도 있다. 가장 큰 의미로 다가왔던 숏은 랄리가 몰래 외출한 낮, 산속 도로를 혼자 걸어가는 숏이다. 크레인, 스테디, 드론 같은 느낌에 흔들림이 적은 숏이다. 깊은 산속을 랄리는 계속 걸어간다. 그리고 넓은 세상 속 랄리를 카메라가 묵묵히 따라간다. 랄리가 세상에 비해 턱없이 작아 보일 수도 있지만 카메라가 따라가는 덕에 인물은 롱 숏에서 풀 숏으로 점점 커진다.

걸어가는 랄리의 발도 보여준다. 그다음 숏은 랄리의 바스트 숏이다. 햇빛 덕에 미간을 찌푸린 랄리가 세상을 본다. 다시 다음 숏은 랄리의 시점 숏 격인 넓은 세상의 인서트다. 갇혀 사는 랄리와 넓디넓은 세상의 조우를 그린 이 숏은 랄리를 작게 찍어 불가능을 전하려기보다 랄리의 도전을 지지하는 의미로 그려진다. 신비한 음악이 그 감흥을 더해준다. 저 세상이 랄리가 갈 곳이라고 알려주는 듯하다.

랄리는 계속 걷다가, 자신이 풋볼대회에 참여할 수 있도록 차를 태워줬던 차주를 만난다. 차주가 어디 가느냐고 묻자 랄리가 대답한다. “떠날 거예요.” 슬리퍼를 찍찍 끌면서도 당차게 대답한다. 허황된다고 느껴지는가? 랄리는 그에게 운전을 배운다. 이후 넷째 누르의 결혼식 전날 랄리는 떠날 채비를 한다. 이 장면에서도 영화는 픽스 숏으로 잡아 괜한 긴장감과 두려움을 유발하지 않는다.

랄리와 누르는 기어코 떠난다. '여우 같은 마누라'가 되어야 하는 토끼 같은 자식은 애초에 존재하지 않았다. 이 영화의 제목인 '무스탕'의 사전적 의미는 '미국 대평원에 사는 야생의 작은 말. 기르던 말이 야생화된 것'이다. 이제 첫 문단에서 언급한 바람의 비밀을 풀 때가 되었다. 더운 여름, 랄리는 어딘가에서 불어온 바람에 기대 땀을 식히지 않는다. 야생마가 되어, 무스탕이 되어 달리면서 바람을 직접 만든다. 집을 떠난 랄리와 누르가 이동 수단에서 잠깐 눈을 붙이는 장면이 있다. 여름 햇빛이 비취는 방 안에서 자매 다섯 명이 함께 보냈던 숏이 나온다. 조금이라도 더 길었다면 감정을 강요하는 컷이 되었을 것이다. 적절한 편집으로 그 숏은 우리에게 랄리와 함께 기억을 공유하게 한다.

무더운, 그러나 철창 속에 갇혀 지내야만 했던, 다섯 자매의 여름이 지나갔다. 하지만 작은 야생마가 훨훨 달려, 나는 땀까지 마를 정도로 시원하게 달렸던 여름이기도 했다. 지금 한국도 한여름이다. 그리고 여름은 매해, 뻔뻔하도록, 잊을 만하면 또 올 것이다. 두렵지만, 매 여름마다 무스탕이 되기로 랄리에게 약속한다.

퀴어들의 시간,
퀴어영화의 시간

〈아이들의 시간〉(윌리엄 와일러, 1961)

괴랄한 솟이 보여주는 '중립', 공포스러운 불균형

'맨'이 모든 사람을 포함하는 단어로 쓰이듯, '게이'가 모든 퀴어를 뜻하던 시절이 있었다. 그리고 당연히 이는 영화에도 반영되었다. 초기의 퀴어영화 대부분이 남성 간의 사랑을 그렸다. 물론 예외적으로 1961년, 무려 오드리 햅번과 셜리 매클레인이 등장하는 여성 퀴어영화가 나온 적도 있다. 캐스팅부터 가슴이 뛰는 이 영화, 바로 윌리엄 와일러 감독의 〈아이들의 시간〉이다.

영화의 배경은 가장 진보적이어야 하지만 항상 보수적인 곳, 바로 '학교'다. 카렌 역의 햅번과 마사 역의 매클레인은 기숙사 학교의 교사로, 학교를 안정적으로 운영하겠다는 꿈을 이루기 위해 노력 중이다.

카렌은 학교가 안정되는 대로 남자 애인 카딘과 결혼할 예정이다. 마사는 카렌의 결혼 이야기가 나올 때마다, 또 카딘을 볼 때마다 왠지 모르게 짜증이 난다. 하루는 카렌의 결혼 이야기에 마사가 학교의 안정이 더 중요하다며 버럭 화를 내는데, 학교의 악동 매리가 이를 엿보고 만다. 매일 거짓말을 해 꾸지람을 듣던 매리는 새로운 거짓말을 꾸민다. 매리는 카렌과 마사가 '자연스럽지 않은' 관계라며, 밤에 이상한 소리를 들었다는 거짓말을 보태 할머니에게 전한다.

마사의 방에서 카렌과 마사가 실랑이할 때 매리가 벽 뒤에서 그것을 엿듣는 숏이 있다. 이 숏은 좌측 원경에 마사 방과 방에서 나오는 카렌을 잡고, 우측 전경에 매리를 위치시켰다. 엿듣는 자와 대상 간의 거리는 가깝지 않다. 매리가 숨어 있는 벽으로 인해 이 숏은 카렌, 마사, 매리를 완전히 분리시킨다. 마치 다른 두 숏을 편집으로 붙여놓은 듯한 효과를 준다.

일반적인 숏이라면 카렌과 마사에게 포커스를 맞추고 매리를 포커스 아웃시키거나, 아니면 반대로 매리에게 포커스를 주고 카렌과 마사를 포커스 아웃시켰을 것이다. 이 영화는 아주 심도 높은 렌즈를 사용해 인물들 모두에게 초점을 맞춰 원근감을 혼동시킨다. 무엇이 멀리 있고 무엇이 가까이 있는지 모르도록 착시현상을 일으켜 괴랄하고 공포스러운 분위기를 조성한다. 성소수자라고 소문이 나 힘들게 일군 학교의 학생을 모두 떠나보내게 될 두 교사와 악의적인 소문을 퍼뜨릴 학생에게 초점을 고루 준다는 것은 실로 괴상하지 않을 수 없다.

'중립 기어를 박는다'라는 말이 있다. 어느 한쪽의 의견을 따르지 않고 중립에 서 있겠다는 의미다. 기울어진 언덕에서 기어를 중립에 놓으면 차는 어느 쪽으로 갈까? 언덕 밑으로 추락할 것이다. 렌즈도 마찬가지다. 인물들이 나란히 놓여 있을 때는 모두에게 초점이 가도 균형 잡힌 숏이 나온다. 평지에서 기어를 중립에 놓았을 때 차가 가만히 서는 것처럼 말이다. 하지만 한쪽이 과하게 앞에 있을 때, 멀리 있는 쪽과 가까운 쪽 모두에게 초점을 맞춘다면 〈아이들의 시간〉 속 비극이 출발하는 신처럼 괴상한 숏이 완성될 수밖에 없다.

모든 이야기에 초점을 공평하게 맞춰야 한다는 말이 있다. 혐오와 차별에도 권리가 존재하니, 그들의 이야기도 들어야 한다는 주장이다. 이 숏이 그 '공평'의 결과를 짐작케 해준다. 공포스러운 불균형이다. 당대의 괴상한 현실을 반영하기 위한 숏이었을지, 단지 매리의 사악함을 부각하기 위한 숏이었을지 연출자의 정확한 의도는 모르겠다. 하지만 다음에 이어지는 매리의 클로즈업 숏을 통해 영화는 당시 누군가를 퀴어라고 소문내는 것이 당사자들에게 얼마나 큰 공포이며 사악한 일인지 분명히 전달한다.

〈아이들의 시간〉 속 카렌과 마사의 결말은 비극일까?

이 영화는 스코틀랜드에서 일어난 실제 사건을 바탕으로 한 릴리언 헬먼의 희곡 〈아이들의 시간〉을 원작으로 삼는다. 1930년대, 와일러 감독은 이 희곡을 바탕으로 영화를 제작하려 했다. 그러나 1930년대는 헤이스 규약(Hays Code)의 체결로 많은 매체가 '도덕'이라는 이름 아래 검열받던 시기였다. 헤이스 규약은 당시 미국 영화제작배급협회장이었던 윌 H. 헤이스(Will H. Hays)의 이름을 따 만든 규약으로 신성 모독부터 성적 도착, 변태적 행동과 이혼, 불륜까지 제재했다. 동성애도 그 테두리를 벗어날 수 없었다.

이런 환경 속에서 와일러는 1936년 〈이 세 사람〉이라는 이름으로 원작과는 조금 다른 영화를 만들었다. 결혼을 앞둔 카렌의 남자와 마사 간의 추문으로 인해 오해와 고립이 전개되는 영화였다. 그리고 '나중에' 1961년, 〈아이들의 시간〉이라는 원작의 제목을 살려 햅번, 매클레인이라는 멋진 두 배우와 함께 다시 영화를 찍게 된다. 25년이 지나 퀴어영화 〈아이들의 시간〉이 비로소 완성된 셈이다.

마사가 카렌의 결혼 이야기에 과도하게 불안해하는 장면은 〈타오르는 여인의 초상〉(셀린 시아마, 2019)을 떠올리게 한다. 〈타오르는 여인의 초상〉에서 마리안느(노에미 메를랑)는 사랑하는 여인 엘로이즈(아델 에네)가 웨딩드레스를 입은 환영에 시

〈아이들의 시간〉은 학교를 배경으로
여성 퀴어 서사를 펼쳐낸다.

달린다. 사랑의 상징인 웨딩드레스와 결혼이 누군가에게는 왜 이토록 불안한 이미지일까. '정상'이라고 사회에서 정해놓은 수많은 것들 때문에 울타리 밖의 누군가는 정상의 이미지에 상처받고 불안을 느낀다.

매리의 거짓말이 일파만파 퍼지면서 학생들은 모두 학교를 떠난다. 카렌과 마사만이 기숙사 학교에 남아 갇히듯 시간을 보낸다. 이 영화는 연극을 원작으로 삼아서인지 신들이 유독 길다. 일반적인 영화에서 장소 이동이 이뤄져야 할 시점에서 관객을 내보내지 않고 카렌, 마사와 함께 머물게 한다. 학생 한 명 없는 텅 빈 기숙사 학교에서, 문만 열어도 호기심 가득한 차별의 시선이 쏟아지는 그곳에서 카렌과 마사, 그리고 관객은 함께 시간을 보낸다. 영화는 그 숨 막히는 공간을 공유한다. 답답함에 지친 카렌은 결국 카딘과도 이별한다.

이제 정말 카렌과 마사만 남았다. 소문에 휘말려 모든 것을 잃은 두 여성이 넋을 놓고 앉아 있다. 마사가 입을 뗀다. '사실 나는 너를 사랑한다고.' 이 숏에서 두 여성은 프레임의 끝과 끝에 위치한다. 햅번은 가장 왼쪽 끝에, 매클레인은 우측 끝에서 대화한다. 갖은 혐오의 시선에도 함께하던 둘이었는데, 한쪽이 사랑을 표하자 카메라는 둘 사이에 생긴 거리를 담아낸다. 하지만 이내 카렌이 마사에게 다가온다. 처음에는 소문에 정신이 혼란해진 것 아니냐며 추궁하다가, 마사의 진심 어린 고백을 조용히 들어준다.

이 신에서 매클레인의 연기는 가슴을 찢어놓는다. 얼마나 불안하며, 얼마나 외로운지, 얼마나 힘들었으며, 얼마나 자기혐오에 시달리는지 온몸으로 표현하기 때문이다. 〈아파트 열쇠를 빌려드립니다〉(빌리 와일더, 1960)에서 "유부남과 연애할 때는 마스카라를 바르면 안 돼요"라고 말하며 눈물 많은 연애를 할 때도 염세적인 태도로 일관하던 셜리가, 카렌의 손을 붙잡으며 처절하게 절규한다. 카렌은 마사가 잘못한 게 없다고 말하며 속상함, 가슴 아픔, 안타까움이 모두 담긴, 허나 원망은 정확히 없는 표정으로 마사를 바라본다.

때마침 매리가 거짓말했다는 사실이 밝혀지고 모든 오해는 풀린다. 하지만 이는 단지 사건의 해결일 뿐, 이미 차별과 혐오를 체험한 둘이 겪은 감정은 아무것도 해결해주지 못한다. 영화는 당시 퀴어영화가 그러하듯 끔찍한 비극으로 끝난다. 카렌은 마사를 떠나보낸다. 그리고 사람들 사이를 지나쳐 걷는다. 마지막 숏은 빠른 걸음으로 걷는 카렌의 '돌리 아웃' 팔로우 숏이다. 카렌은 바스트 숏에서 클로즈업 숏까지 다가온다. 그리고 카메라를 지나치고 'The End'가 뜬다.

비극적인 엔딩이지만 나는 이 마지막 숏을 희망으로 보고 싶다. 새로운 사랑의 가능성을 경험한, 혐오자들의 우스운 꼴을 다 지켜본 마사의 사랑을 품은 카렌이 편협한 사회에 아랑곳하지 않으며 비웃듯 내일로 나아가는 걸음으로 해석하고 싶다. 영화를 본다면 햅번이 단순히 시대의 아이콘이나 예쁜 여자 배우가 아닌 연기의 신임을 확인하게 될 것이다.

퀴어영화의 해피엔딩

'퀴어영화'라고 하면 어떤 이미지가 그려지는가? 세상의 핍박 속에서 이루지 못한 사랑으로 절절한 예쁜 남자들의 이야기? 시스젠더 남자 배우가 연기한 트랜스여성의 험난한 삶? 누가 볼 새라 마음을 김장독에 넣고, 또 그 김장독을 땅밑 깊숙이 파묻어 흙을 덮은 다음 몇 년이 지나고 나니 어디에 묻었는지 도무지 기억나지 않을 뿐 아니라 묻은 사실조차 잊었다는 이야기?

퀴어를 생각하면 참 슬프다. 맞다, 세상은 비극이니까. 눈곱만큼 나아지고 가시처럼 쏴대니까. 하지만 퀴어라고 24시간 눈물만 흘리는가? 어쩌면 그것은 정상성을 강요하는 사회가 바라는 일이 아닐까? 그들이 정해놓은 울타리 밖의 삶은 힘들고 괴로우니 쉽게 동정해버리고 말자며 단순화하는 건 아닐까?

근래 들어 열린 결말, 혹은 해피엔딩의 퀴어영화들이 등장했다. 앞서 언급했던 〈톰보이〉가 대표적이다. 이 영화는 여러 해석이 가능하다. 성별이분법에 저항해 자신을 남성으로 인식하던 여성 어린이가 자신을 받아들이는 과정, 혹은 트랜스남성 어린이가 자신을 보호하기 위해 적당히 자신을 숨기며 살아가기로 다짐하는 모습. 또한 논바이너리 어린이가 자신을 남성도 여성도 아닌 그저 자신으로 정체화하는 순간. 한 가지 해석만 고집하는 것은 퀴어라는 존재 자체를 제대로 이해하지 못한 비평일 뿐이다.

강물결 감독의 〈털보〉(2019)는 확실한 해피엔딩을 보여준다. 주인공은 자기혐오를 갖고 있는데 이를 '털'이라는 오브제로 표현한다. 주인공의 자기혐오는 자신과 같은 사람들을 혐오하는 것으로 이어진다. 하지만 이내 이겨낸다. 그리고 털 많은 애인과, 퀴어 앨라이 친구들과 함께 달려간다.

〈아이들의 시간〉, 〈톰보이〉, 〈털보〉에는 모두 퀴어로서 겪는 갈등이 담겨 있다. 유구한 차별의 역사는 썩지 않는 플라스틱처럼 이 땅에 박혀 있다. 그걸 무시한 채 무조건 행복한 퀴어의 모습만 보여준다면 이 또한 미디어의 희망고문일 것이며 고증의 실패일 것이다. 그렇다고 현실 속 차별을 재현하는 데 그친다면 확인사살에 지나지 않을 것이다.

그럼 어떻게 해야 할까? 방법이 있다. 많으면 된다. 행복한 퀴어영화도, 슬픈 퀴어영화도, 열린 결말의 퀴어영화도 필요하고 액션·코미디·공포·SF 등의 장르에도 다양한 퀴어의 모습을 담아야 한다. 같잖은 동정은 얼씬도 못하게, 웃기고 괴팍하고 못나고 무섭고 섹시한 퀴어들이 프레임을 메워야 한다. 그리고 '나중에'는 모든 퀴어영화 속 갈등이 구시대의

유물이 되길 바란다. '그때는 그랬구나' 하는 차별의 사료로서 존재할 뿐, 동시대적 공감은 불러일으킬 수 없길 바란다. 그것이 퀴어영화 역사의 진정한 해피엔딩일 것이다.

'자기만의 동굴'에서 여자들은 무엇을 할까

〈아멜리에〉(장피에르 죄네, 2001), 〈(BLANK)〉(이가은, 2021)

누구에게나 동굴이 필요하다

'남자들은 자신만의 동굴이 필요하다.' 누구나 한번쯤 들어봤을 이 문장이 나는 마치 고독은 남성의 전유물이라는 의미처럼 들렸다. 그럼 여자에게는 자신만의 동굴이 필요 없는 걸까? 조용하고 고독한 시간은 성별을 떠나 누구에게나 필요한 게 아닐까?

10대 시절, 나는 무척 고독했다. 나만의 동굴이 필요했으나, 부모님과 함께 사는 나는 동굴을 갖는 게 쉽지 않았다. 결국 수업 시간에 도망을 치기 시작했다. 교내 나만의 아지트를 발견한 것이다. 그곳은 먼지가 가득했다. 서 있는 것 외에는 할 수 있는 게 없었다. 당시 나는 10대에게 주어진 동굴이 마치 그 정도인 거라고 여겼다. 그럼에도 나는 최대한 내 동굴을 지키고 싶었다. 폐지함에 가득 쌓인 모의고사 시험지들을 가져와 먼지 위에 장판처럼 켜켜이 깔았다. 책상이 하나 있었는데 그곳에 내가 좋아하는 영화 주인공들의 이름과 좋아하는 노래 제목들을 적었다. 모의고사 장판 위에 누워 음악을 듣기도 했고 좋아하는 영화와 노래가 적힌 책상 위에서 공부하기도 했다.

물론 수업을 빠지는 데는 한계가 있었다. 종종 나를 찾는 방송이 들려오면 허겁지겁 다시 교실로 돌아가야만 했다. 동굴이 부족했다. 다 같이 같은 옷을 입고 같은 밥을 먹고 또 같은 수업을 듣는 것이 나에게는 의아하고 괴랄하게 느껴졌다. 친구들은 내가 종종 사라지면 비밀의 방에 간다고 말했는데, 나는 정말 소중한 친구 한 명에게만 내 아지트를 공개했다. 영화와 음악이 있는 내 동굴로, 역시 영화와 음악을 좋아하는 그 친구를 초대했다.

아멜리 뿔랑의 동굴

내가 그나마 빠지지 않는 수업이 프랑스어였다. 수업 시간에 봤던 영화 중 한 편이 〈아멜리에〉였다. 이 영화의 원제를 번역하면, '아멜리 뿔랑의 멋진 운명'이다. 당시 짝수 글자로 영화 제목을 짓는 게 유행하던 탓에, 수입사는 '아멜리'의 이름에 아무 뜻이 없는 '에'를 덧붙여 '아멜리에'를 완성시켰다는 속설이 있다. 주인공 이름은 제목과 달리 '아멜리에'가 아닌 '아멜리 뿔랑'이다.

아멜리는 어릴 적부터 혼자였다. 어린 시절 엄마를 사고로 여의던 날, 한 짓궂은 어른이 어린 아멜리에게 이렇게 말한다. '전부 너 때문이라고.' 이후 아빠는 자신의 일로 바쁘고 아멜리는 혼자 시간을 보낸다. 영화의 오프닝 시퀀스는 아이가 혼자 할 수 있는 놀이를 빠르게 모아 놓은 영상들로 이뤄져 있다. 손가락에 산딸기를 끼우고 먹는다거나 본드를 손에 붙였다 뗀다거나, 색종이를 오려서 '후' 부는 등의 놀이를 하는 모습 말이다. 그리고 얀 티에르상의 쓸쓸한 음악이 흐른다. 그렇게 영화는 오프닝부터 고독이 관객의 온몸을 감싼다.

아멜리의 삶은 동굴에서 출발했다고 볼 수 있다. 그 동굴에서 아멜리는 무엇을 하며 시간을 보낼까. 영화는 아멜리가 좋아하는 것과 싫어하는 것을 제3자의 내레이션까지 덧대 촘촘히 나열한다. 이것은 장피에르 죄네의 단편 〈쓸모없는 것들〉(1989)에서 나왔던 연출 방식이기도 하다. 한 인물을 보여주며 그가 좋아하고 싫어하는 사소한 것들을 주르륵 나열하는 방식. 그것은 과연 쓸모없을까. 인물의 사소한 특징까지 알게 되면 더 이상 그 인물은 내게서 멀리 있지 않다.

'세이브 더 캣'이라는 말이 있다. 주인공이 관객에 호감을 얻기 위해 영화 초반에 고양이를 구하는 등 선한 행동을 반드시 해야 한다는 영화계의 전통 깊은 말이다. 죄네는 아멜리에게 고양이를 구하게 하는 대신 인물의 여러 특징을 내레이션과 빠른 영상으로 마치 소설처럼 과감히 늘어놓아 관객과 인물의 유대를 형성한다. 이 과정에서 아멜리는 카메라를 직접 보고 이야기하기도 한다. 관객과 아멜리 둘만의 관계가 생긴 셈이다. 이렇게 관객은 아멜리가 동굴에서 어떻게 지내는지 어느 정도 파악한 후에 서사에 진입하게 된다.

너무 가까이 다가가면 왜곡되어 보이는

그러면서도 영화는 인물에게 가까이 다가가는 것은 허용하지 않는다. '타인은 지옥이다'라는 말을 영상화하듯 광각렌즈를 사용해 인물을 가까이 촬영하는 숏에서는 인물을 왜곡되어 보이게 한다. 광각렌즈는 멀리서 찍었을 때는 심도가 깊어 초점을 여러 곳에 맞출 수 있지만, 촬영하는 대상이 가까워질 때는 왜곡해 보여준다. 이 영화는 광각렌즈를 통해 함부로 타인의 삶에 다가가는 것은 그 인물의 특이하고 괴랄한 부분까지 감내해야 함을 시각화한다. 한참을 다가간 카메라의 렌즈에 비친 아멜리의 눈은 크고 턱은 작아 기괴하다. 그렇다고 영화 자체가 기괴한 것은 아니다. 전반적으로 화려한

색을 사용해 아름다운 영상미를 뽐낸다. 이 영화를 보던 당시 외롭던 나는, '고독은 귀여운 거야'라는 근사한 위로를 받았다. 〈아멜리에〉는 아멜리의 원 숏이 주된 동력이다. 아멜리가 다른 누군가와 하나의 앵글에 잡히는 일은 거의 드물다. 카페에 상주하는 다른 인물도 마찬가지다. 그들은 모두 각자의 문제와 동굴을 안고 있는데, 감독은 원 숏을 통해 함부로 타인의 앵글에 들어가기 힘든 점을 보여주려고 한다.

그러던 어느 날 아멜리는 자신의 동굴에서 타인을 돕는 기쁨을 발견한다. 한 남자가 어린 시절 집에 숨겨 놓고 잃어버렸던 보물 상자를 찾을 수 있도록 도와준 것이다. 게다가 이 모든 과정에서 아멜리에는 자신을 숨김으로써 더 큰 즐거움을 느낀다. 동네 과일가게에서 사장에게 구박받으며 일하는 청년을 위해 그 사장에게 복수하기도 한다. 그럼에도 고독은 사라지지 않고 끝없이 이어진다. 심지어 아멜리에는 자신이 혼자 늙어 죽는 모습을 환상으로 마주하기도 한다

내가 고독을 견디는 방법은 하나였다. 외로움을 의인화하는 것. 외로움을 존재하는 하나의 대상으로 만든다. 그러면 혼자 있어도 혼자 있지 않는 것이 된다. 난 동굴이 필요했지만 그 속에서 느낄 외로움은 남몰래 견뎌야 하는 것이었다. 그래서 나만의 방법을 찾았다. 현명한 아멜리는 남몰래 계속 타인을 도우면서 동굴에서 지낸다.

그러던 어느 날 사랑을 만난다. 아멜리는 사랑 앞에서도

아멜리가 다른 누군가와 하나의 앵글에 잡히는 일은
거의 드물다. 영화 속 인물은 모두 각자의 문제와
동굴을 안고 있는데, 감독은 원 숏을 통해 함부로
타인의 앵글에 들어가기 힘든 점을 보여주려고 한다.

겁을 낸다. 동굴에서 자라 살아온 자에게 동굴 밖으로 나오는 일은 퍽 어렵다. 눈부신 햇살은 어찌할 것이며, 동물에서 익숙해진 관성은 어떻게 할 것인가. 아멜리는 과연 용기낼 수 있을까. 동굴에 있어본 자라면 아멜리를 힘껏 응원할 수밖에 없을 것이다.

소리 없는 동굴을 메우기

이가은 감독의 〈(BLANK)〉는 가족을 잃은 소림(손수현)의 이야기다. 소림은 홀로 커다란 집에서 지낸다. 가족을 잃은지 얼마 되지 않은 그 조용한 집이 소림은 두렵기만 하다. 가족이 냈던 소리를 흉내 내어 테이프에 녹음하고 플레이어를 여러 개 구매해 집 곳곳에 틀어놓기도 한다. 어떻게든 가족의 부재를 메우려 하지만 노력만큼 돌아오는 건 없다.

그러던 어느 날 소림의 동굴에 누군가 침입한다. 바로 이웃집 남자다. 소림이 틀어놓은 소리에 스트레스를 받은 남자가 인터폰을 한 것이다. 인터폰으로 남자를 본 소림은 가족과 함께 있다고 변명하지만 남자는 끝내 그 말을 믿지 않는다. 이에 소림은 당황하며 공황에 빠지는 지경에 이른다. '아, 아' 하는 짧은 소리를 반복하며 정신없이 집을 돌아다닌다. 무시무시한 적막을 메워보려는 그 가냘픈 시도를 보는 일은 가슴을 저리게 한다.

영화 제목인 〈(BLANK)〉는 '빈, 녹음되지 않은'을 뜻하는데, 이는 영화 속에 고스란히 담긴다. 진행되는 컷 사이에 암전된 화면을 삽입해 시각적 효과를 자아내며, 사운드를 중점으로 써서 소림이 가족을 잃은 과정도 암전과 음향만을 활용해 보여준다. 최소한의 정보만 제공하는 이 방식은 소림의 악몽 같은 기억을 다시 재생하지 않으려는 시도이기도 하다.

말은 없지만 소리가 많은 이 영화는 그래서 슬프다. 소리가 많지만 결코 채워지지 않기 때문에 더 슬프다. 영화는 가족과 함께했던 과거 회상 신을 제외하면 전부 소림의 원 숏으로 흘러간다. 소림은 과연 그 공백을 메울 수 있을까. 영화를 끝까지 본다면 관객은 소림의 답을 들을 수 있을 것이다.

동굴의 시간을 보내고 나서

필연적으로 동굴에 살 수밖에 없던 두 여성, 아멜리와 소림을 소개했다. 내가 이 여성들과 가깝다고 느낀 이유는 동굴에서 시간을 보낸 적이 있었기 때문이다. 이는 나뿐 아니라 누구나 공감할 것이다. 성별을 떠나 누구에게나 동굴이 필요한 때가 있다. 중요한 건 동굴에서 어떻게 보낼지 여부다. 동굴을 영화적으로 표현한다면 원 숏일 것이다. 그 원 숏 안

이가은 제공

말은 없지만 소리는 많은 영화
〈(BLANK)〉는 슬프다. 소리가 많지만
결코 채워지지 않기 때문에 더 슬프다.

에서, 그 앵글 안에서 당신은 어떻게 시간을 보낼 것인가. 나는 원 숏이 많은 영화와 그 시간을 건넜다. 〈아멜리에〉의 아멜리, 〈수면의 과학〉의 스테판, 〈400번의 구타〉의 앙뜨완, 〈5시부터 7시까지의 클레오〉의 클레오와 함께, 그리고 영화를 만들면서 비로소 동굴에서 나올 수 있었다. 영화 제작 과정은 기본적으로 사람을 많이 만날 수밖에 없기에 절대적으로 동굴이 필요한 사람들에게는 맞지 않는 작업일 수 있다. 그럼에도 당시 나는 동굴에서 홀로 시간을 보내는 이들에게 가닿을 수 있는 영화를 만들고 싶어 동굴에서 나오고 싶기도 했다.

여성의 고독은 종종 가볍게 치부된다. 반면 남성의 고독은 사회적으로 다뤄진다. 특히 가장의 고독을 사회에서는 무게 있게 다룬다. 하지만 여성의 고독은 잘 언급되지 않기에 여성의 고독을 다룬 미디어를 보면 더 소중하게 느껴진다. 그 영화들이 동굴에서 재생될 때 동굴은 비로소 밝아질 것이다. 그리고 동굴 밖으로 나올 수 있는 계기를 제공하게 될지도 모른다. 영화는 빛에서 출발했기 때문이다.

레이에 대해 당신은 얼마나 알고 있나요?

〈어바웃 레이〉(게비 델랄, 2016)

2021년에 개봉한 다큐멘터리 영화 〈너에게 가는 길〉(변규리, 2021)은 세간에 큰 화제였다. 그간의 퀴어영화와 다르게 가족영화라는 점이 가장 큰 특징이다. 많은 영화에서 트랜스젠더는 가족과 아예 동떨어진 존재로 표현됐다. 가족에게 버림받거나 가족과 거리를 둔 채 사는 게 당연하듯 그들은 〈트랜스 아메리카〉(던컨 터커, 2005)처럼 혼자 떠돌거나 〈달라스 바이어스 클럽〉(장 마크 발레, 2013)처럼 가족과 무관한 삶을 살거나 〈나의 장미빛 인생〉(알랭 베를리너, 1997)처럼 가족에게 이해받지 못한다는 상처에서 벗어나지 못한다. 성소수자 부모 모임에 속한 이들이 퀴어 퍼레이드에서 진행한 '프리 허그' 이벤트에서 포옹받으며 많은 눈물을 흘렸던 이유도 가족과 성소수자의 관계에서 익숙한 소외와 버림에 복받쳤기 때문일 것이다.

가장 가까운 사이라고 할 수 있을 가족에게도 숨길 수밖에 없는 현실이 크게 다가왔기 때문에.

〈어바웃 레이〉는 〈너에게 가는 길〉과 같이 성소수자 주인공이 등장하는 가족영화다. 레이(엘르 패닝)는 16세 비수술 트랜스젠더 남성이다. 성확정 수술을 앞둔 레이는 청소년이기 때문에 부모 동의가 필요하다. 그런데 레이의 가족도 예사롭지 않다. 레이의 가족은 레이가 내레이션으로 소개하듯 엄마, 엄마의 엄마, 그리고 엄마의 엄마의 여자친구로 이뤄져 있다. 여기서 문제는 수술을 받으려면 사라진 아빠의 서명까지 받아야 한다는 데 있다.

사건이 아닌 캐릭터에 초점을 맞추는 구조

영화는 검정 화면 위 레이의 내레이션으로 시작한다. "생일날 촛불을 불 때마다 같은 소원을 빌었다. '남자이고 싶어요.'" 이후 화면이 밝아지자 길이 나타난다. 레이가 스케이트보드를 타고 달려간다. 레이의 시점 숏과 번화가를 달리는 레이가 교차되며 보인다. 그렇게 도착한 다음 신은 병원이다. 여기서 레이는 부모 모두에게 서명받아야 함을 통보받는다.

캐릭터를 설명하고 사건을 시작하는 영화와 달리 〈어바웃 레이〉는 오프닝 시퀀스와 바로 이어지는 병원 신으로 주

〈어바웃 레이〉는 레이가 갖고 있는 다양한 관심사를
보여줌으로써 레이를 '트랜스젠더 남성'이라는
소수자성 하나로 납작하게 그리지 않는다.

인공 레이가 앞으로 헤쳐가야 할 사건을 짧게 요약한다. 이 영화는 '주인공에게 무슨 일이 벌어지고 사건은 어떻게 해결될까'와 같은 궁금증만큼이나 이 캐릭터가 누구인지 묻게 한다. 이는 '어바웃 레이'라는 영화 제목에 딱 걸맞는 구조다.

레이의 관심사는 다양하다. 우선 레이의 단짝과 다름없는 스케이트보드가 첫 장면부터 등장한다. 스케이트보드가 가는 길은 레이가 가는 길과 다름없다. 특히 병원에 다녀온 후 답답한 마음에 엄마와 멀어지는 레이를 보여주는 장면에서 그 거리감이 돋보인다. 엄마와 함께 택시를 타는 레이는 지루해 보이는 데다 심지어 껌까지 씹는다. 집에 도착해 마주친 경비원은 레이를 이전 이름인 '라모나'로 부른다. 레이는 자신 이름이 '레이'라고 정정하며, 스케이트보드를 타고 친구와 놀기 위해 떠난다. '멀어짐'과 '자유'의 수단으로 대변되는 스케이트보드는 레이의 셀프캠에서 전혀 다른 컷을 담는다.

온전히 레이의 시점으로

그렇게 멀어지며 쌩쌩 달리는 레이의 시점 숏은 어떨까. 레이는 스케이트보드 이외에도 영상 편집과 음악에 관심이 많다. 직접 찍은 셀프캠을 편집해 그 위에 음악을 얹기도 한다. 레이의 셀프캠 영상은 이 영화에서 묘미를 주는 요소다.

레이가 보는 '어바웃 레이'이기 때문이다. 달리며 길을 찍을 때는 빠르고 어지럽다. 그 길에서 레이는 혐오자인 반 친구를 만나 '너 여자 맞냐'는 무례한 질문을 받기도 하는데, 그 혐오자의 모습이 셀프캠에 그대로 담긴다.

좋아하는 여자아이의 미소를 찍은 캠에서는 설렘과 아련함이 느껴진다. 레이가 운동하는 모습이나 호르몬 주입을 기다리는 모습은 편안해 보인다. 이 모든 것이 레이의 삶이다. 이것은 카메라 감독의 시선도, 연출의 시선도, 그 어떤 시선도 반영하지 않은 레이만 아는 레이의 시선이다. 연출은 이를 공유함으로써 다시 말해 자신의, 제3자의 시선을 거둠으로써 레이가 레이를 표현하게 한다. 관객은 레이 안 어딘가에 들어서게 되는 셈이다.

성소수자 문제를 이야기할 때 얼마나 많은 불필요한 시점이 존재하는가. 저들이 불편하고 보기 싫다는 이유로, 아니면 '사랑하니까 반대한다'는 혐오자 무리가 든 피켓처럼 옹졸한 변명을 이유로 버무려진 시점들은 카메라 앞뒤 어디든 설 자격이 없다. 차별금지법 뒤에 따라붙는 수많은 반대 이유도 마찬가지다. 이것은 사회적 약자의 이야기고, 성소수자의 이야기고, 레이의 이야기다.

레이의 시점을 통해 감독은 레이가 그 누구에게도 꺼내지 못했던 이야기를 관객에게 털어놓게 한다. 한 명의 이야기를 오로지 당사자 시점에서 모두에게 전하는 방식이다. 당사자 이야기를 배제한 채 무언가를 논하는 사람들에게 꼭 필요한 연출 방식이다. 무엇보다 레이의 영상과 음악은 당사자가 직접 말하는 당사자의 이야기라는 점에서 힘을 가진다. 가령 할머니가 레이에게 그동안 이해하지 못해 미안하다며 화해를 청하는 신이 있다. 레이는 화해를 받아들인다는 의미로 자신이 새로 만든 비트를 들려준다. 이는 자신의 시점을 공유하는 행위이다.

감독은 레이가 갖고 있는 다양한 관심사를 보여줌으로써 레이를 '트랜스젠더 남성'이라는 소수자성 하나로 납작하게 그리지 않는다. 많은 영화에서 소수자는 그저 소수자로만 등장할 때가 많다. 개인의 서사는 뭉그러진 채 '그 게이', '그 레즈비언', '그 트랜스젠더'로 남는 것이다. 또한 감독은 레이 자신이 보여주고 싶어 하지 않는 부분은 굳이 담지 않는다. 가령 레이가 압박붕대를 한 모습은 보여주지만 레이가 압박붕대를 풀고 난 후의 장면은 거울 숏을 이용해 쇄골 밑에서 반사가 끊기도록 한다. 트랜스남성이 겪는 불편한 현실은 보여주되 고통을 재현하거나 그들 자신이 보여주고 싶지 않은 모습은 드러내지는 않는 것이다. 성소수자의 신체를 우스꽝스럽게 표현한 〈천하장사 마돈나〉와 확연히 다른 지점이다.

레이의 시점을 통해 감독은 레이가 그 누구에게도
꺼내지 못했던 이야기를 관객에게 털어놓게 한다.
한 명의 이야기를 오로지 당사자 시점에서 모두에게
전하는 방식이다. 또한 감독은 레이 자신이 보여주고
싶어 하지 않는 부분은 굳이 담지 않는다.

다양한 소수자와 혐오의 관계

소수자라고 해서 다른 모든 소수자를 이해할 수 있다는 것은 오만한 태도다. 나의 문제는 다른 이의 문제와 다르기에 지속적으로 관심을 갖고 내가 이해를 바라는 것처럼 조심스레 접근해야 한다.

레이의 레즈비언 할머니는 자신이 성소수자임에도 레이를 처음에 이해하지 못한다. 그냥 평범한 레즈비언으로 살면 안 되냐고 무지한 말을 내뱉기도 한다. 시스젠더 여성으로서 여성의 몸을 지키기 위해 평생 살아온 할머니는 레이의 삶을 그렇게 부정한다. 할머니는 엄마에게도 말실수를 많이 해 상처를 남긴다. 그러나 영화에서는 이러한 할머니의 성격으로 인해 벌어지는 갈등이 크게 부각되지 않는다. 자칫 소수자가 더 심하다는 인상을 주지 않는 선에서, 소수자이거나 정치적인 삶을 살았다고 모든 소수자의 마음을 헤아릴 수 있다는 생각은 오만이라고 말한다. 소수자라고 소수자의 마음을 더 잘 헤아리는 것은 아님을 보여주는 데 머물 뿐이다.

페미니스트라는 이름표를 달고 트랜스젠더를 부정하는 사람들이 있다. 동물권 운동을 하면서 여성을 혐오하는 남성도 있다. 개개인의 사정은 각기 다르고 복잡하다. 소수자 문제는 한 조각씩 맞춰야 하는 퍼즐이지, 한 번 매듭을 풀면 모든 감수성이 풀려나 평등의 물줄기가 쏟아지는 호스가 아니다. 그들이 행하는 혐오는 명백한 혐오다.

가장 수동적인 입장에서 가장 능동적으로

〈너에게 가는 길〉에도 나왔듯 성별 정정 신청을 하려면 수많은 서류와 절차가 필요한데, 이는 곧 그에 따르는 차별을 대변한다. 레이는 이 답답한 자리에서 할 수 있는 가장 능동적인 행동을 한다. 아빠에게 직접 서명받기 위해 엄마 메모지에서 아빠 주소를 찾아 학교에 가는 대신 그곳으로 향한다. 그리고 레이 아빠는 결국 서명을 해준다.

〈너에게 가는 길〉은 어두운 톤의 영화는 아니다. 그러나 레이가 웃는 모습은 몇 번 볼 수 없다. 그중 기억에 남는 신은 레이가 엄마에게 전학 가서 자신이 치마 입은 모습을 기억 못 하는 사람들 틈에서 살고 싶다고 말하는 부분이다. 이때 레이뿐 아니라 엄마도 활짝 웃는다. 고속 촬영으로 느리게 담은 이 장면은 레이의 웃는 모습을 오랫동안 보고 싶다는 관객의 마음을 반영한 것인지도 모르겠다는 생각이 들었다.

레이는 끝내 모든 가족이 모이면 좋겠다고 엄마에게 제안한다. 엄마, 할머니들, 아빠, 엄마와 관계있는 삼촌, 아빠의 새 가족들까지. 레이의 가족에게는 저마다의 고민과 해결해야 할 과제가 있다. 가령 레이의 엄마는 불안장애를 앓고 있는데, 엄마는 불안과 함께 나아가기로 한다. 이때 영화 속 레이는 이성애자 시스젠더인 엄마를 각성시키는 역할로 쓰이지 않는다. 성소수자가 이성애자 시스젠더 캐릭터를 각성시키는 역할로 등장했던 〈달라스 바이어스 클럽〉과 많이 다르다. 엄마는 레이의 행동에 충격받아 방향을 틀지 않는다. 그저 자신의 마음을 받아들이는 데 미숙했고 시간이 걸렸으며 그 과정에서 레이에게 상처를 줬고 다시 화해할 뿐이다.

레이에 대하여

〈레이에 대하여〉는 비극으로 끝나지 않는다. 그렇다고 무조건적으로 낙관하는 영화도 아니다. 레이가 얼마나 답답했고 간절했고 그러기에 적극적이었는지 레이의 시점을 통해 보게 한다. 그럼에도 레이에 대해 가장 잘 알고 있는 것은 할머니도 엄마도 관객도 감독도 아닌 레이 자신이다. 그러니 감독은 레이의 셀프캠을 적극 활용했을 것이다. 레이의 문제는 사실 레이가 결정해야 한다. 양육자는 지지하고 믿고 따를 수 있을 뿐이다. 차별금지법도 차별받는 당사자들이 정해야 할 문제다. 사회적 합의를 더 이상 차별의 빌미로 이용해서는 안 된다. 당신은 레이에 대해서 얼마나 알고 있는가.

극장 앞에서 만나

초판 1쇄 펴낸날 2023년 6월 14일
지은이 신승은
펴낸이 박재영
편집 이정신·임세현·한의영
마케팅 신연경
디자인 조하늘
제작 제이오
펴낸곳 도서출판 오월의봄
주소 경기도 파주시 회동길 363-15 201호
등록 제406-2010-000111호
전화 070-7704-2131
팩스 0505-300-0518
이메일 maybook05@naver.com
트위터 @oohbom
블로그 blog.naver.com/maybook05
페이스북 facebook.com/maybook05
인스타그램 instagram.com/maybooks_05

ISBN 979-11-6873-063-2 03810

책값은 뒤표지에 있습니다. 잘못된 책은 바꾸어 드립니다.

만든 사람들
편집 윤현아·임세현
디자인 조하늘